AF368424

© Céline Berthon-Chabassier, 2021.
Tous droits réservés.
ISBN : 978-2-9574225-5-5
Céline Berthon-Chabassier
28 rue Antoine Bellet
63100 Clermont-Ferrand
Imprimé par Amazon KDP
Prix public : 10 €
Dépôt Légal : juin 2021
Design couverture : 2li

PARADIS ARTIFICIEL

BRIGADES DU REVEIL

SEALEHA

PARADIS ARTIFICIEL

BRIGADES DU REVEIL

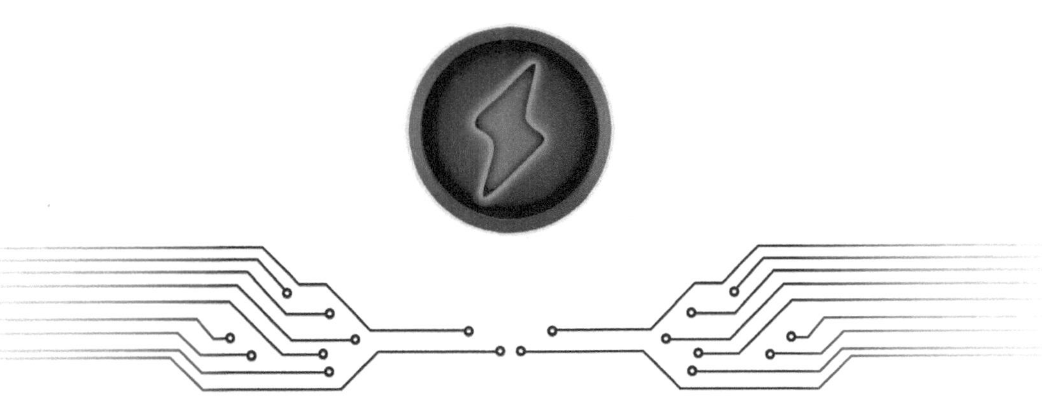

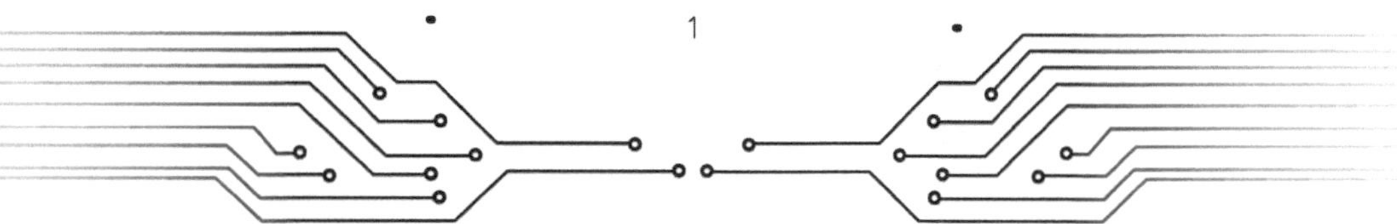

Les yeux de Maeck Cellier se teintèrent de bleu tandis qu'il vérifiait à l'aide de son Implant Neurologique Intelligent qu'il ne se trompait pas d'adresse. Quinzième étage, appartement trente-huit : parfait. Abbyl, sa collègue, lui fit signe de se dépêcher. S'ils ne voulaient pas finir trop tard, pas de temps à perdre. Il se composa un air de circonstance derrière son masque hygiénique, puis appuya sur le bouton de l'Intercom. Un écran holo se déploya et révéla un visage émacié.

— Oui ?

— Bonjour, ce sont les collecteurs.

Un cliquetis les informa que la lourde porte métallique se déverrouillait. Elle disparut entre les pans du mur ; ils entrèrent. La salle principale, chichement meublée, offrait un décor spartiate et plutôt délabré. Devant eux se dressait une jeune femme, visiblement dénutrie. Agrippé à sa robe rapiécée, un bambin tout aussi maigre les dévisageait, les yeux secs.

Maeck échangea un regard avec Abbyl. Qu'en était-il, ce coup-ci ? Encore un meurtre familial déguisé pour récolter la prime, histoire de reculer la ruine financière, ou bien une véritable mort naturelle ? Depuis qu'elle lui avait révélé cette pratique, il lui semblait soupçonner tout le monde.

Il s'avança.

— Toutes mes condoléances, Madame. Puis-je vous demander où se trouve le corps ?

Sans un mot, son interlocutrice le guida vers une chambre. Sur le lit, un homme immobile, les yeux clos. L'absence de bracelet à son poignet indiquait qu'il portait un I.N.I. : ses identifiants, comptes et accès internet directement dans le crâne. Voilà qui faciliterait leur travail. Maeck s'approcha de lui. À première vue, nulle marque suspecte. Au coin de sa bouche, un reste d'écume : poison ou simple salive ? Il secoua la tête. Que faire ? Alerter Red Shield, la corporation dédiée à la sécurité de la ville, et faire ouvrir une enquête ou bien se contenter d'enregistrer la mort ? Il consulta silencieusement Abbyl. À voix basse, elle l'apaisa :

— On ne va pas faire de battage pour rien.

Elle avait raison. À quoi cela mènerait-il ? Autant laisser ce qu'il restait de cette famille profiter de la cité, tant qu'elle le pouvait. Il sortit son scanner et le passa le long du corps : « décès confirmé. Implant Neurologique Intelligent enregistré. » énonça l'engin de sa voix plate.

— Très bien, dit-il en se tournant vers la jeune femme. Nous pouvons procéder à la Cérémonie de la Lumière.

Cette dernière prit son enfant dans ses bras et leur adressa un signe de tête. Abbyl plaça un petit projecteur holo sur le front du mort et l'activa ; un faisceau éblouissant traversa la pièce jusqu'au plafond.

— À présent, Andry Monteil va rejoindre les lumières de la ville. Son corps et son esprit nourriront l'énergie de Montélac. Comme un phare dans la nuit, la flamme d'Andry Monteil continuera de briller et de nous guider.

Imitée de son jeune garçon, la femme leva les mains en l'air pour accompagner l'ascension de son mari. Maeck se tourna vers elle.

— Vous êtes enregistrée comme bénéficiaire. Souhaitez-vous que nous chargions les souvenirs de Monsieur Monteil sur le projecteur, ou préférez-vous recevoir la prime de collecte ?

Elle regarda quelques instants le défunt. Une larme déferla sur sa joue. Maeck détourna la tête. Pas la partie la plus plaisante du métier. Du reste, rien dans l'activité de « collecteur » ne pouvait se voir qualifier d'agréable.

— La prime, répondit-elle d'une voix brisée.

— Très bien. La somme de vingt crédits vient d'être versée sur votre compte. Apex Corp vous témoigne à nouveau ses plus sincères condoléances et l'Alliance des Cinq vous remercie pour votre don à la lumière.

Il lui tendit le projecteur holo, vidé de la mémoire de son époux conformément à son choix ; elle le saisit. Son interlocutrice n'exprimait plus aucune émotion. Se trouvait-elle sous le choc ? Regretterait-elle sa décision de ne pas conserver quelques bribes du passé de son mari ? Peu importait. Encore une adresse à visiter et Maeck et sa collègue auraient fini leur journée. Avec son aide, il souleva le corps et l'installa sur le brancard à aéroglisseurs. Il salua la maîtresse des lieux et sortit de l'immeuble. Un vent féroce les accueillit tandis qu'ils rejoignaient le camion aux bandes violettes lumineuses de la firme. Avec l'aisance de l'habitude, ils versèrent le cadavre dans la benne avant d'accrocher la civière au côté du véhicule.

Le dernier cas ne lui posa pas autant de problème moral ; l'âge avancé de la dépouille indiquait clairement une mort naturelle. Sa collègue et lui conduisirent leur collecte du jour jusqu'au dépôt de l'Apex Corp, dans l'hypercentre, et déchargèrent les corps sur les tapis qui les emmenaient dans les cuves de recyclage : une nouvelle source d'énergie et de carburant pour la ville.

Las, il consulta l'heure sur son I.N.I. Déjà dix-huit heures. S'il voulait se montrer ponctuel pour son rendez-vous, il devait se dépêcher.

Chaque jour se déroulait dans cette unique perspective : rejoindre l'Oracle, échapper à ce monde sordide pour évoluer dans son univers, son idéal. Là, sa vie commençait enfin ; sa vraie vie, celle qui comptait.

Un sourire se dessinait déjà sur son visage.

Il prit sa douche de décontamination et enclencha le mode conduite automatique de son antique Urbex pour franchir le plus rapidement possible la distance qui le séparait de son immeuble.

Celui-ci se situait dans un quartier périphérique, bien trop proche de l'enceinte de la ville à son goût. Malgré ses dettes, Maeck luttait pour rester la tête hors de l'eau et continuer de payer son loyer. La peur de se retrouver chez les Exclus, de l'autre côté du mur, lui nouait le ventre, comme à n'importe quel habitant de Montélac. Si la ville rassemblait son lot d'injustices, les quartiers des Exclus, miséreux et violents, se montraient particulièrement glauques. On prétendait que seuls ceux qui se trouvaient prêts à perdre leur dignité ou leur humanité pouvaient y survivre. L'idée même de ne plus pouvoir régler ses factures et devoir les rejoindre un jour lui donnait des suées froides.

Toutefois, il se rassurait en songeant que si la situation se présentait, le monde de l'Oracle, lui, resterait son refuge intact. Où qu'il soit, personne ne l'empêcherait d'y plonger.

Le seul univers dans lequel il pouvait se montrer sous son vrai jour.

Créer des liens et forger des amitiés lorsqu'on est quarantenaire, presque chauve et surtout collecteur, relevait de la gageure. Le manque de crédits lui bloquait l'accès à une amélioration cybernétique ou physique qui aurait pu séduire et affirmer son identité. Conscient de l'image qu'il renvoyait, il évitait d'aborder les gens et demeurait chez lui en dehors du travail. Se confiner pour échapper au jugement des autres lui semblait le moins douloureux.

Dans l'espace de l'Oracle, ces aléas disparaissaient. Les règles changeaient.

Il s'assit comme à l'accoutumée dans son vieux fauteuil, tourné vers l'unique fenêtre de son logement. Devant lui se dressait la forêt d'immeubles gris qui abritait des milliers d'âmes. Les publicités mouvantes illuminaient la cité de leurs couleurs dissonantes. Un ensemble criard et sans harmonie, agressif.

Les yeux fermés, Maeck pensa « Oracle ». Son I.N.I., calibré pour reconnaître cette signature de ses ondes cérébrales, connecta son esprit au monde virtuel. Avec délice, Maeck se laissa plonger, en réglant l'immersion sur quatre. Ainsi, il profiterait de toutes les sensations au maximum. Il n'avait jamais osé la configurer plus haut ; les histoires de ces gens qui en oubliaient la réalité et finissaient par mourir de faim et de soif à force de rester dans l'Oracle lui donnaient des frissons.

Quatre s'avérait bien suffisant.

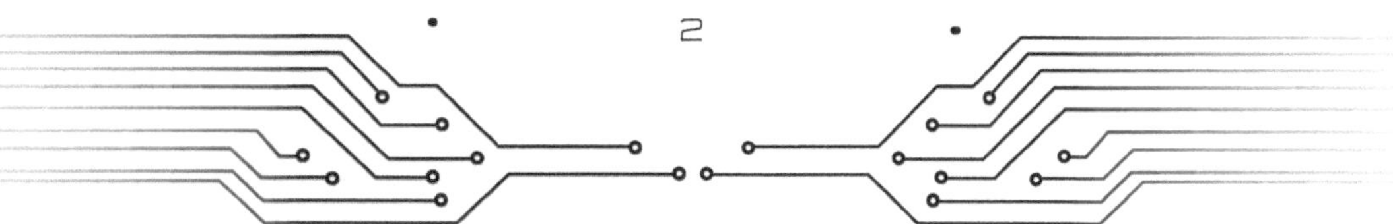

Le décor se révéla peu à peu.

En nuances nacrées et pastel, des vagues animaient les parois imaginaires qu'il avait bâties. Ici et là, des tableaux mouvants aux couleurs plus franches, soigneusement disposés, interpellaient le regard. De fines particules brillantes dansaient dans l'air, habillant l'espace de leur ballet muet. Quelques sculptures semblaient prendre vie et muer au grès des changements subtils de leur environnement, pour mieux s'accorder au reste. Chaque élément, ciselé dans le détail, pensé pour former un tout harmonieux.

Maeck se rêvait artiste ; la beauté qui manquait dans sa ville, il la créait ici, dans l'Oracle. Façonné à son image, idéalisé, parfait, son monde virtuel l'apaisait. Cette beauté restait sa quête la plus absolue. Plus qu'une envie d'ambiance plaisante, un besoin.

Il trouvait son espace personnel, lumineux, esthétique et féérique, bien plus travaillé et abouti que ceux des autres. En effet, la plupart des gens utilisaient l'Oracle comme un portail vers les différentes applications ou jeux dont ils payaient les abonnements. Un chemin vers des univers préfabriqués. Lui ne se contentait pas de traverser l'Oracle : il y résidait, il l'habitait, le décorait et le modelait à son goût.

Il sentit ses ailes se déployer dans son dos. Encore un point positif de ce monde virtuel : la possibilité de se créer un avatar qui corresponde mieux à son identité que la pauvre enveloppe charnelle à l'aspect médiocre dont la nature nous dotait. Ici, Maeck s'appelait Ange 277 ; sa peau à la couleur changeante et moirée, entre le vert et le bleu, s'adaptait à merveille à son milieu. Il mesurait près de deux mètres et pouvait voler.

Quand il apparut dans son antre merveilleux, quelques badauds s'y promenaient déjà. Deux ou trois habitués le saluèrent et il leur répondit chaleureusement.

Se lier avec les gens s'avérait ici un jeu d'enfant ; ses œuvres constituaient des points d'accroche aux discussions. Ange 277 montrait une certaine popularité. À son grand dam, pourtant, les relations qu'il entretenait avec ses visiteurs dépassaient rarement le stade de la simple familiarité ou sympathie. Cela restait agréable, certes... Cependant, des amitiés, des vraies, Maeck désespérait toujours d'en rencontrer.

Du moins, jusqu'à récemment.

Laomesis était entrée dans sa vie trois mois auparavant. Tout d'abord curieuse, elle avait très vite montré un vif intérêt aussi bien pour ses créations que pour lui-même. Leurs discussions, de plus en plus profondes et intimes, avaient forgé une réelle amitié, transformée progressivement en amour sincère et puissant. Son petit coin de paradis, Ange 277 le trouvait enfin auprès de Laomesis.

Quelques minutes après lui, celle-ci pointa à son tour le bout de son nez. Le cœur d'Ange 277 rata un battement.

Laomesis arborait un avatar somptueux et original, la marque de ceux qui ne se précipitaient pas dans les jeux et prenaient le temps de s'attarder dans l'Oracle. Elle avait peaufiné le moindre détail de son apparence ; de son grain de peau aux couleurs fauves de sa chevelure, de l'éclat mauve de ses iris aux écailles brillantes de ses pieds qui se transformaient, au grès de ses désirs, en queue de poisson lui permettant de nager dans l'espace.

Encore mieux, cet avatar majestueux abritait une âme tout aussi extraordinaire. Au détour des discussions échangées avec elle, un trésor d'humanité avait fini par émerger. Cette humanité même qu'Ange 277 cherchait en vain chez ses semblables et désespérait de retrouver un jour. Laomesis parlait avec le cœur, montrait une sensibilité à fleur de peau et une générosité d'esprit sans pareil.

Amoureux. Il en était éperdument amoureux.

À son arrivée, Ange 277 s'excusa poliment auprès des personnes qui flânaient dans son espace et privatisa l'endroit. L'univers qu'il avait créé devenait alors leur petit nid. Il s'avança vers elle, prit son visage entre ses mains et l'embrassa tendrement.

— La journée m'a semblé interminable sans toi ! Comment s'est passée la tienne ?

— De manière banale. Pas pire qu'une autre ! Et toi ?

Si elle partageait sans retenue ses sentiments ou sa vision du monde, Laomesis esquivait toujours les questions relatives à sa véritable identité. Pour être honnête, Maeck se montrait aussi peu enclin à briser l'idée qu'elle se faisait de lui en évoquant sa profession.

Après des mois de ces rendez-vous virtuels, pourtant, il avait pris une grande décision. Ces moments d'intimité, il voulait les prolonger. Les vivre au quotidien, dans la vraie vie. Transposer ce bonheur I.R.L. Il ouvrit la bouche ; les mots refusaient de sortir.

Ne te dégonfle pas !

Il se lança enfin :

— Tu sais, dans mon métier, il est rare qu'on passe une journée agréable.

Un éclair de curiosité brilla dans les yeux de Laomesis. Elle se rapprocha de lui.

— Ton métier ?

— Oui... Je ne t'ai jamais confié ce que je faisais pour gagner ma vie, parce que je craignais que tu trouves ça peu reluisant.

Il inspira profondément, puis compléta :

— Je suis collecteur.

Dans l'attente de sa réaction, il contracta ses muscles. Elle rit.

— Collecteur ? C'est très reluisant, au contraire. Lumineux, même, je dirais, hi hi ! Ben il n'y a pas de quoi avoir honte. Tu participes à la société et grâce à toi, nous disposons de l'énergie nécessaire pour la ville !

Quel soulagement ! Toute tension disparut. Elle le prenait encore mieux que ce qu'il espérait ; Ange 277 rayonnait.

— Tu es parfaite !

Il l'enlaça.

— J'avais peur de ta réaction. Une peur débile, j'imagine.

— De toute évidence !

— Comment ai-je pu vivre sans toi jusque-là ?

Elle rit de sa remarque ; un son qui réchauffait son âme. Avec elle, rien à craindre. Ange 277 se sentait invincible. Il la regarda dans les yeux :

— Laomesis, partager avec toi mes pensées et mes émotions, sans retenue, ça devient vital. Je te jure, il n'y a rien de mieux ! Je voudrais que tu ressentes la même chose... Et si tu me parlais un peu plus de ce que tu fais en dehors de l'Oracle ?

Le visage de Laomesis s'assombrit.

— Ce n'est pas une bonne idée.

— Bien sûr que si ! Je t'ouvre mon cœur, tu me dévoiles le tien. On échange sur tout ce qui nous touche, tout ce qui fait de nous qui nous sommes. Je ne vois pas pourquoi ce type d'information pourrait poser problème !

— Désolée. Je pense que c'est mieux comme ça.

Ange 277 s'écarta de Laomesis pour la contempler. Que diable voulait-elle dissimuler ? Quelle donnée pouvait se montrer si épineuse ? Qui pouvait bien se travestir derrière cet avatar si beau ?

Il la dévisagea. Derrière ce masque somptueusement étudié, il appréciait l'âme qui se cachait. Diable, de quoi avait-elle peur ? Bien sûr qu'il savait qu'en face de lui, ce n'était qu'un simulacre ! Sa véritable apparence lui importait peu. L'essence de Laomesis ne se résumait pas à ses traits physiques. Pensait-elle qu'il la rejetterait pour ces sombres considérations ? Le connaissait-elle si mal ?

Il réfléchit quelques instants. Peut-être qu'une autre raison expliquait sa réticence. Sa nuque se crispa. Pour une divergence d'ordre sexuel, peut-être ? Si Laomesis se révélait en réalité un homme, un androgyne ou un hybride, comment réagirait-il ? Ses penchants en la matière ne souffraient d'aucun doute. Cela dit, leur intimité d'esprit était telle...

Laomesis lui prit les mains et les plaqua sur ses seins fermes et ronds.

— Ne te pose pas tant de questions et profite de ce que nous avons. Fais-moi l'amour comme toi seul le peux !

Le contact de sa chair sous ses paumes occulta ses interrogations. Le désir s'empara brusquement de lui et il se laissa porter par la délicieuse expérience de leurs corps entremêlés, virevoltant dans l'espace changeant de sa création.

Ils restèrent ensuite enlacés, à s'explorer du bout des doigts tandis que les milliers d'influx nerveux leur tournaient les sens. Puis, ils discutèrent à nouveau de ce qu'ils pensaient du monde qu'ils habitaient, des révoltes qui les animaient, des injustices qui les dégoûtaient. L'extérieur dépeint avec justesse dans cet environnement sublime paraissait moins cruel. Ces échanges leur permettaient de s'accorder sur une vision commune. Enfin, comme chaque soir, Laomesis finit par prendre congé ; ses obligations l'appelaient.

Lesquelles ?

Maeck se déconnecta. Cette nuit-là, l'insomnie le tourmenta. Il examinait le problème et tentait de percer la vérité : si Laomesis n'était pas une femme, l'accepterait-il ?

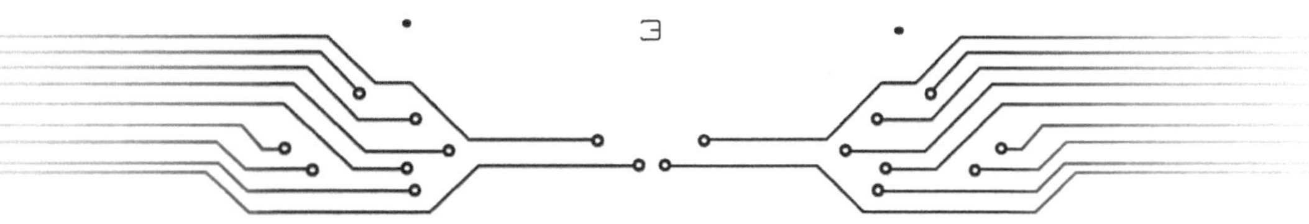

Au petit matin, Maeck avait pris sa décision. Peu importait, finalement, l'identité de genre de Laomesis. Elle représentait son âme sœur. Leur relation ne mourrait pas. Certes, le contact charnel disparaîtrait ; toutefois, leur lien, ce qui comptait le plus, demeurerait intact. Maeck refusait de rester plus longtemps séparé de son amour.

Le lendemain soir, lorsqu'il plongea dans l'Oracle, Laomesis l'attendait déjà, radieuse. Afin de ne pas la brusquer, il décida de l'emmener se promener et visiter des espaces élaborés par d'autres. Ils volèrent main dans la main et découvrirent de nouvelles réalisations. Aucune, pourtant, n'égalait celle d'Ange 277 ; ils regagnèrent leur nid. Il fit apparaître deux créatures imaginaires ailées qu'il laissa évoluer autour d'eux, pour égayer encore mieux leur antre. Tandis qu'elle les observait, amusée, il l'attira contre lui :

— Tu sais, j'ai bien réfléchi.

— C'est une activité plutôt saine !

— Non, sans rire, je suis sérieux.

Elle le dévisagea gravement.

— Dis-moi ?

— Voilà. Les seuls moments où je me sens bien, c'est quand je suis avec toi.

— Oh, moi aussi !

Elle lui effleura la joue, l'embrassa et lui chuchota dans l'oreille :

— Il y a en toi quelque chose que je ne retrouve chez personne d'autre. Je ne sais pas… De l'ingénuité, peut-être. Une sorte de fraîcheur. Tu ne peux pas imaginer combien c'est important pour moi. Vital, presque.

Il sourit. Lui, ingénu ? Avec tout ce qu'il vivait ? S'il se montrait capable de lui procurer ce sentiment de pureté dans ce monde de brutes, voilà qui le ravissait. Il poursuivit :

— Alors je pensais… C'est plutôt bête de devoir attendre de plonger dans l'Oracle chaque soir pour se retrouver.

L'expression de Laomesis se ferma.

— Laisse-moi finir. Comme je te disais, j'ai pas mal cogité, cette nuit. Voilà : peu m'importe qui tu es. Vraiment. Crois-moi, rien ne me fera m'éloigner de toi.

— Mon ange…

Elle n'acheva pas sa phrase et une larme coula sur sa joue. Laomesis réglait toujours le dispositif de manière à rester transparente dans ses émotions, et cela participait à le séduire. Il savait qu'avec elle, tout était réel. Alors pourquoi cette hésitation ?

— J'ai tout considéré. Je te promets. Y compris le fait que tu ne sois pas une femme…

Le rire de Laomesis fusa. Il poursuivit :

— Et bien que je ne sois pas attiré par le même sexe, cette supposition ne me retient pas. Tu comprends ? Qui que tu sois derrière cet adorable masque, je sais que mon bonheur réside auprès de toi.

Elle lui caressa la joue. À ce contact, il frissonna.

— Ton bonheur… Avec moi, crois-moi, tu ne pourrais pas être heureux.

— Mais on s'entend si bien…

— Tu es bien avec moi ici, dehors ce serait différent.

— Bien sûr que non ! Je sais qui tu es, au fond, et toi tu me connais ! À moins que…

Il se recula soudain, affolé. Et si, finalement, elle ne voulait pas de lui comme lui la désirait ?

— Peut-être que ça ne t'intéresse pas de passer plus de temps avec moi ?

Son univers s'émiettait sous le doute. Laomesis lui déposa un baiser sur les lèvres.

— Crois-moi, tu es la seule source de joie dans ma vie. Bien sûr que oui, je rêverais de pouvoir rester avec toi...

— Alors pourquoi refuses-tu une rencontre ? Rien qu'une, donne-moi la chance de pouvoir te faire changer d'avis !

Laomesis ne répondit pas et baissa la tête. Sa tristesse visible lui brisa le cœur. Ses propos ne visaient pas à la blesser, pourtant !

— Laomesis ?

Elle finit par relever les yeux vers lui.

— Ici, on est libre d'être qui on souhaite. En dehors, crois-moi, tu ne voudrais pas vivre avec moi. C'est tout ce que je peux te dire. Fais-moi confiance, il vaut mieux que nous continuions de nous rencontrer par le biais de l'Oracle.

Ange 277 secoua la tête. Quelle tête de mule ! Ne comprenait-elle pas qu'il se fichait de ses conditions de vie, qu'elle lui importait plus que tout le reste ?

— Et moi je te dis que tu te trompes. Je suis prêt à te rencontrer, j'ai envie de te voir, pour de vrai.

— Je ne te suffis pas, comme ça ?

Il la considéra un moment. Tout compte fait, à présent qu'elle lui posait la question, non. Enfin, bien sûr qu'il chérissait chaque instant passé en sa compagnie ! Sauf qu'il voulait plus. Elle devenait son oxygène, il éprouvait de plus en plus de mal à respirer hors de l'Oracle.

— Je crois que je supporterais davantage la noirceur du monde extérieur avec toi à mes côtés.

Ce qu'il ressentait, en réalité, c'est qu'il ne pourrait pas endurer cette vie bien plus longtemps sans elle. Pas le genre de chose à avouer, n'est-ce pas ?

— Je suis désolée, c'est toujours non.

Il déglutit et ravala son chagrin du mieux possible.

— Très bien, articula-t-il difficilement.

La soirée se poursuivit ; Ange 277 peinait à se laisser entraîner par son expérience virtuelle. Il tenta d'augmenter la puissance d'immersion ; malheureusement, cela ne suffit pas.

Au bout d'un moment, il s'excusa auprès de Laomesis :

— Je suis désolé, je ne me sens pas bien. Je vais me déconnecter. Pour répondre honnêtement à ta question de tout à l'heure, non, ton avatar ne me contente pas. Je ne peux pas continuer comme ça, je ne peux plus...

Il sortit de l'Oracle sans attendre sa réaction. Ses premiers sanglots rampèrent le long de sa gorge, puis finirent par éclater. Pour la première fois, il mettait fin à leur entrevue, sans profiter de tout le temps disponible pour jouir de la présence de Laomesis. Son départ pouvait paraître précipité et un peu cavalier... Il ne supportait tout simplement plus de la regarder, sachant que jamais il ne pourrait vraiment la serrer dans les bras, partager les rituels quotidiens, dormir l'un contre l'autre... Son aventure amoureuse ? Tuée dans l'œuf avant d'avoir pu se réaliser véritablement. Cette idée lui tordait les entrailles. Camoufler sa peine s'avérait au-dessus de ses forces, autant lui en épargner le spectacle.

Les spasmes des pleurs finirent par se tarir et laissèrent Maeck vidé de son énergie. Le dos noué par l'immobilité, il s'étira ; les douleurs de ses ailes fantômes se joignirent au concert des hurlements muets de son corps. Dans son emportement, il avait dû régler le dispositif bien trop fort. Son esprit ne comprenait pas comment, tout d'un coup, son enveloppe mortelle se retrouvait amputée d'une partie de ses membres.

Pourtant, la souffrance psychique devançait la souffrance physique. Comment Laomesis pouvait-elle refuser de le rencontrer alors même qu'elle prétendait obtenir dans ses bras tout le réconfort dont elle rêvait ? Quelle blessure cachait ce rejet ? Car il ne pouvait l'expliquer autrement : le secret que cherchait à dissimuler Laomesis lui faisait honte. Il devait à tout prix trouver le moyen de lui prouver que rien ne le repousserait. Il ne s'avouerait pas vaincu. Avec une prémisse si puissante, leur histoire ne pouvait pas s'éteindre aussi facilement. En revanche, comment s'y prendre ?

Après avoir retourné le problème maintes et maintes fois dans sa tête toute la journée, il replongea dans l'Oracle, fébrile, le lendemain soir. Son départ précipité et peu galant de la veille avait-il vexé Laomesis ? Il espérait pouvoir se rattraper et s'excuser auprès d'elle. Si elle refusait pour l'instant d'aller plus loin, peut-être avait-elle besoin de plus de temps, peut-être pourrait-il la faire changer d'avis au fur et à mesure.

Les plus grandes œuvres nécessitaient de la patience.

Son décor fantasmé se dessina autour de lui et Ange 277 reconnut immédiatement la silhouette qui se tenait debout à sa droite : Laomesis. Il se dirigea vers elle, soulagé de sa présence – il avait craint qu'elle ne se connecte pas pendant quelque temps – et se positionna face à elle.

Aussitôt, un frisson remonta le long de son échine. Quelque chose clochait.

— Laomesis ?

Il tenta de saisir son visage ; ses mains le traversèrent. L'avatar de Laomesis semblait désincarné. Que se passait-il ? Que lui arrivait-il ?

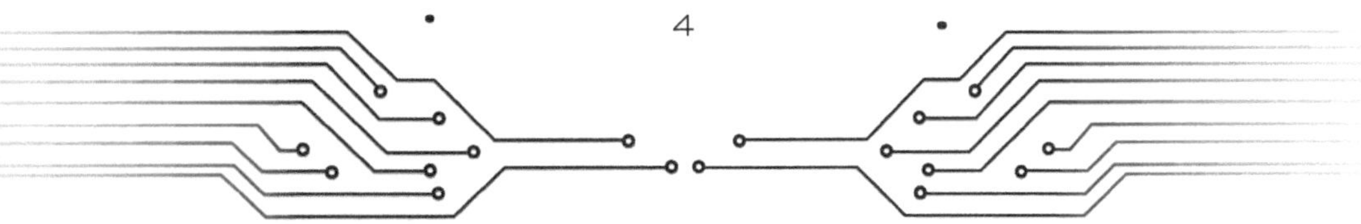

4

Ange 277 resta quelques instants ébahi par sa découverte. L'inquiétude enflait dans son estomac comme une tumeur. L'avatar de Laomesis lui faisait face, inerte. Un corps vidé de sa substance, sans esprit. Visible, pourtant intangible.

Où Laomesis se trouvait-elle ? Dans la vie réelle ou dans l'Oracle ? Comment pouvait-on se tenir à la fois dans l'un et dans l'autre ? Pourquoi ne répondait-elle pas, ne réagissait-elle pas ? Que signifiait cette allure fantomatique ?

Une fois la stupeur passée, il consulta internet par le biais de son I.N.I. Il devait bien exister des explications. Les maigres informations qui s'imprimèrent dans son esprit le rassurèrent un peu. Elles évoquaient plusieurs possibilités : une déconnexion brutale, qui laissait un « écho » d'avatar dans l'espace virtuel, ou bien un dysfonctionnement de l'I.N.I. C'était la première fois qu'il assistait à ce phénomène. Toutefois, les deux cas réveillaient de nouvelles craintes.

Et si Laomesis avait quitté sauvagement l'Oracle suite à son départ, bouleversée par sa réaction ? Et si son I.N.I., en panne, ne lui permettait plus de le rejoindre dans ce monde artificiel ? Qui sait combien de temps cela lui prendrait pour le réparer !

Une telle séparation, Maeck ne pouvait la souffrir. Il devait à tout prix la retrouver pour lui expliquer combien il l'aimait, quelle que soit sa situation. Lui présenter ses excuses, racheter ses torts et lui prouver sa détermination.

Il sortit de l'Oracle. Une seule solution : la rencontrer I.R.L. Cet écho d'avatar lui semblait beaucoup trop lugubre. Il devait la voir de ses propres yeux, s'assurer qu'elle allait bien – et qu'elle lui pardonnait.

Pour se rendre chez elle, il lui fallait tracer la connexion de Laomesis et remonter jusqu'à sa localisation. Or, bien évidemment, il ne disposait pas des compétences nécessaires pour ce faire. À qui demander de l'aide ? Déterminer le lieu où se trouvait Laomesis impliquait un piratage. À l'évidence, un acte répréhensible, interdit. Maeck rentra sa tête dans ses épaules. Se sentait-il réellement capable d'enfreindre les règles pour arriver à ses fins ? Bah, après tout, ce ne serait pas une première. Combien de fois avait-il manqué de dénoncer des citoyens qui, sans conteste, se montraient coupables d'effractions ? Cette démarche s'avérerait bien moins grave. Il ne porterait préjudice à personne. Simplement trouver Laomesis et lui présenter ses excuses. Un acte anodin, non ?

Dès lors que cette idée s'implanta dans son cerveau, Maeck ne s'en débarrassa plus. Voir Laomesis. Pour de vrai. La rencontrer et lui parler, entendre sa voix, découvrir son visage, admirer l'éclat de la lumière naturelle sur sa peau.

Paradis terrestre.

Afin de réaliser son ambition, il devait dénicher une personne susceptible de pouvoir pirater le compte de Laomesis depuis l'Oracle. Il ne pouvait tout de même pas risquer de demander au premier venu dans son monde virtuel. Et si on le dénonçait ? Non, il lui fallait quelqu'un d'habitué à ce style d'activité. Un petit voyou. Le genre de personne qui ne penserait pas a priori à s'épancher auprès du Red Shield.

Sauf qu'il ne connaissait pas de tels individus.

Pourtant, dans le cadre de sa profession de collecteur, il en avait côtoyé, des gens. Tous les habitants de Montélac, quelle que soit leur origine sociale ou leur situation, finissaient au même endroit : dans les cuves de l'Apex Corp, leur dépouille convertie en énergie pour le fonctionnement de la ville. Parmi les personnes croisées, certaines lui laissaient encore des sueurs froides : celles qui lui intimaient du regard de ne pas s'appesantir sur la cause des morts étranges qu'il collectait. Il en avait honte, mais plus d'une fois il avait fermé les yeux et enregistré des décès, délivré des primes sans poser de question ni faire remonter de rapport au Red Shield, car il craignait pour sa vie.

Et parmi toute cette population, personne susceptible de l'aider.

Attends... Si, bien sûr !

Si la mémoire de Maeck ne le trahissait pas, l'une des dernières adresses visitées abritait une multitude d'écrans holo. Il se rappelait son étonnement face à cette surabondance. Ses locataires devaient certainement connaître l'informatique ! Il déglutit à ce souvenir. Le décès déclaré là-bas recelait une part d'ombre, aucun doute. Pourtant, ni lui ni sa collègue n'avaient rapporté le cas. La fatigue, sans doute. Peut-être pourrait-il y aller pour voir si les individus qui y résidaient se montreraient capables de lui donner un coup de main ? Et s'ils refusaient ou tentaient de le dénoncer, Maeck garderait dans sa manche l'information compromettante qu'il détenait sur eux. L'évocation d'une enquête du Red Shield devrait suffire à délier leur langue et les rendre plus réceptifs à sa demande.

Oui, plus il y pensait, plus cette solution lui paraissait la meilleure ; du reste, la seule dont il disposait. L'absence de Laomesis lui pesait trop. Dans son âme et sur sa chair, il ressentait les stigmates du manque. Il avait besoin de sa dose.

Maeck se redressa, décidé. Dérogeant à ses habitudes, il ressortit de chez lui et s'avança vers la silhouette oblongue de sa voiture. Répondant à son approche, son Urbex alluma ses phares et déverrouilla ses portes. Maeck s'installa et le pare-brise s'opacifia, révélant le plan de la ville, tandis qu'il se connectait à son I.N.I. : direction le nord de Montélac, le quartier des Halles Rouges.

Après avoir tourné plusieurs fois sans trouver de place à proximité, il se résigna à se garer plus loin, priant pour que sa vieille berline ne se fasse pas vandaliser durant son absence. Plus on s'écartait de l'hypercentre, moins la cité s'avérait entretenue. Ici, les bâtiments présentaient des fissures, les voies se jonchaient d'ordures et la présence des petits malfrats se concentrait.

Jurant contre le mauvais temps, il se dépêcha de rejoindre sa destination. Une pluie fine et acide dévalait les murs de béton ; bientôt, Maeck sentit les premières démangeaisons dues au contact de cette eau polluée. Il rentra la tête et pressa le pas, suffisamment pour gagner de précieuses minutes et assez peu pour ne pas attirer l'attention des drones de surveillance qui pullulaient dans le ciel. Les publicités lumineuses déchiraient la nuit et leurs slogans personnalisés résonnaient dans son esprit. Maeck les réduisit au silence d'une commande de son I.N.I. Les rares passants s'abritaient comme ils le pouvaient en attendant de rejoindre un endroit au sec et déambulaient les uns à côté des autres sans se regarder. Finalement, personne ne lui prêtait attention.

Dix minutes de marche plus tard, Maeck déboucha dans la rue de ses souvenirs. L'enceinte de la ville, toute proche, coupait la métropole et dressait un rempart sombre entre les citoyens et les Exclus.

Le bâtiment dans lequel Maeck se rendait se composait de différents commerces au rez-de-chaussée surmontés des appartements d'habitation. Au milieu, un renfoncement donnait sur l'entrée principale. Devant les boutons des Intercoms, Maeck hésita. Quel numéro était-ce, déjà ? Les iris teintés de bleu, il repassa dans sa tête les images enregistrées par son I.N.I. la semaine précédente. Sa mémoire artificielle lui délivra l'information : il sonna. Quelques secondes plus tard, un écran holo révéla un visage bourru.

— C'est pourquoi ?

Décontenancé, Maeck chercha ses mots.

— Je euh... Je suis venu jeudi dernier. Je suis collecteur.

— Et ?

— Je voudrais vous parler. S'il vous plaît ?

— À quel sujet ?

Comment formuler sa requête ? Quand il imaginait ce dialogue, tout paraissait tellement plus facile...

— À propos de... ce que vous faites ?

À l'image, son interlocuteur prit un air menaçant. Trop tard pour reculer : Maeck avait besoin d'eux !

— Entrez.

La porte se déverrouilla et il pénétra dans l'immeuble. Ascenseur toujours en panne : comme souvent dans les quartiers périphériques, Apex Corp traînait à effectuer les réparations nécessaires. Les locataires rechignaient probablement à payer la taxe exigible à leur intervention. Il gravit donc les escaliers à pied. Essoufflé, il parvint au sixième étage, remerciant le ciel de ne pas avoir à manœuvrer de brancard, ce coup-ci. L'appartement se situait au bout d'un couloir sombre dont l'éclairage grésillait. « Votre niveau de stress vient d'augmenter. Souhaitez-vous que je vous apaise ? », lui proposa son I.N.I. Maeck accepta une dose d'hormones relaxantes. Malgré tout, il sentit ses jambes flageoler.

Allez, courage ! Tu le fais pour Laomesis !

Il s'avança, le cœur battant. Ses chaussures mouillées crissaient sur le sol lisse. La porte s'ouvrit brusquement : un homme l'accueillit en pointant sur lui une arme sortie de son bras cybernétique.

— C'est toi, le collecteur ?

La gueule béante du canon semblait vouloir l'engloutir. Maeck se figea. Sa bouche, sèche, refusait d'articuler la moindre réponse.

— Alors, j'attends ?

— Oui, finit-il par dire d'une voix trop aiguë.

— Avance.

Maeck obéit machinalement, abreuvant son corps d'une nouvelle dose d'hormones calmantes. Ainsi, son histoire se terminerait ici, dans le sang, sans avoir pu retrouver son amour ? Non, cela ne pouvait pas se passer de cette façon !

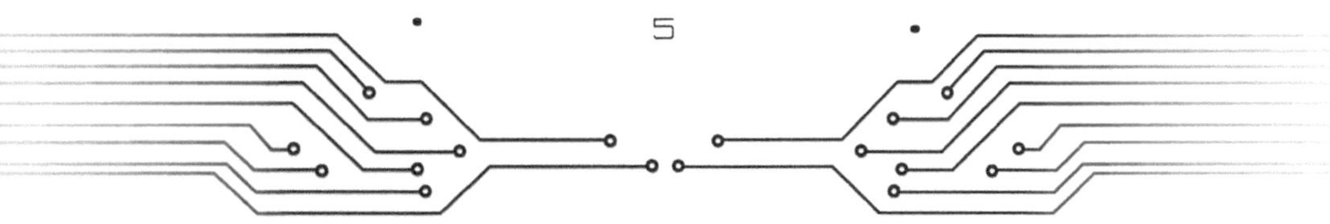

5

L'intérieur de l'appartement avait changé de décor. Mêmes murs gris et sinistres, même fenêtre étriquée qui donnait sur la ville, mêmes posters animés pour des groupes de groove métal… Pourtant, exit tout le matériel informatique sur lequel il comptait. Affolé, il se tourna vers son hôte. La moitié de son crâne rasée, l'autre recouverte d'une mèche verte qui lui mangeait la joue, celui-ci le regardait de ses yeux artificiels irisés de bleu.

— Alors, c'est quoi ton problème ? Qu'est-ce que tu entends par « ce que vous faites » ?

Derrière lui, la porte se ferma dans un claquement sinistre. Dans quoi venait-il de se fourrer ?

— Je euh… bégaya-t-il. Il y avait des ordinateurs, ici…

Il peinait à remettre de l'ordre dans ses idées. En face de lui, l'homme s'assit sur un fauteuil. Avec ses dents, il attrapa une cigarette d'un étui qu'il rejeta sur une table basse encombrée d'emballages de nourriture et de bouteilles vides. Il l'alluma et lui projeta un nuage de fumée en continuant de le fixer, son arme toujours dirigée vers lui.

L'odeur âcre le fit tousser. Ne pouvait-il pas utiliser de fumette, comme les gens bien élevés ?

Son interlocuteur finit par lui répondre.

— Ouais. Et ? En quoi ces ordis t'intéressent ?

Maeck se racla la gorge.

— J'aurais un service à vous demander.

L'homme le dévisagea en souriant, puis il rentra son arme dans son bras.

— Ah, c'est pour faire affaire, alors ! Ça change tout. C'est pourquoi ?

Maeck se tortillait sur place. Franchement, quelle idée ! Se frotter volontairement à des gars comme lui... Dans quel pétrin se fourrait-il ?

— Je cherche quelqu'un capable de retrouver la localisation géographique d'un compte sur l'Oracle.

Tendu, il guetta la réaction du sinistre personnage. Une goutte de sueur froide dévala le long de ses omoplates et son I.N.I. le gratifia d'une dose supplémentaire d'hormones, le maximum auquel il pouvait prétendre. L'homme se cala au fond du dossier et croisa les pieds sur la table, dans une posture tout à fait décontractée.

— Mouais, ça peut se trouver. Tu as de quoi payer, j'imagine ?

Maeck se mordit la lèvre. Dans sa précipitation, il n'avait absolument pas pensé à ce « détail ». Il déglutit.

— Je peux peut-être vous rendre un service, plutôt ?

Il ferma les paupières, s'attendant à une riposte violente. Pourtant, rien n'interrompit le silence qui régnait dans la pièce. Il rouvrit les yeux. Le type se grattait le menton d'un air songeur.

— J'ai peut-être une proposition pour toi. Simplement, je ne sais pas si tu es capable de contourner un peu les règles... À quel point en as-tu besoin ?

Maeck secoua la tête. Fournir un service obscur pour obtenir une faveur douteuse, quoi de plus logique ? Toutefois, sa préoccupation du moment ne se tournait pas vers sa morale ; seule Laomesis comptait. S'il fallait une fois de plus enfreindre la réglementation, après tout, ce n'était pas la première fois... Sous l'effet des injections réalisées par son I.N.I., Maeck se sentait bien moins concerné.

— Je l'ai déjà fait. Jeudi, quand je suis venu... J'ai bien vu que quelque chose de pas net se tramait. Ce cadavre...

L'air menaçant de l'homme l'empêcha de terminer sa phrase.

— Très bien, conclut finalement ce dernier. C'est d'accord, alors. Retrouve-moi demain soir vers dix-huit heures à la porte nord. Apporte ton camion et ton engin pour enregistrer les collectes. Y en aura.

Des collectes ? Le soulagement lui dénoua les muscles. On ne lui demandait que de faire son métier, rien de plus. Si on lui donnait rendez-vous vers le mur, cela signifiait que les cadavres seraient probablement des Exclus. Le Conclave ne s'embêtait jamais à rechercher les infractions pour eux, meurtre flagrant ou non. Peu importait qui ramenait les corps, on les enregistrait sans aucune question et donnait les primes aux ramasseurs, qu'ils appartiennent à la famille ou pas, que cela contourne les éventuels vœux des défunts ou non.

— C'est entendu !

Son interlocuteur se leva et lui serra la main.

— Si tu arrives avant moi et qu'on te demande ce que tu fais là, tu dis que tu viens de la part de Devan. Une fois ta tâche accomplie, je t'accompagnerai dans l'Oracle pour trouver ta cible. Si tu souhaites un supplément, par exemple te débarrasser de quelqu'un, il faudra bien sûr que tu fasses autre chose pour nous.

Maeck le considéra avec effroi.

— Oh non, c'est pas du tout pour ça...

— Ça ne me regarde pas, de toute façon.

Devan le dévisagea avec insistance, puis rajouta :

— En revanche, si tu t'avises de nous doubler, attends-toi au pire, ça va sans dire. J'ai scanné ton I.N.I. Je saurai te retrouver.

Maeck déglutit.

— Ça va sans dire.

Il sourit maladroitement puis prit congé. D'un pas précipité, il s'éloigna de l'immeuble, se retournant régulièrement pour vérifier que personne ne le suivait, et regagna sa voiture.

Rien ne s'était passé comme prévu. Toutefois, ce sombre énergumène acceptait de l'aider. N'était-ce pas le principal ?

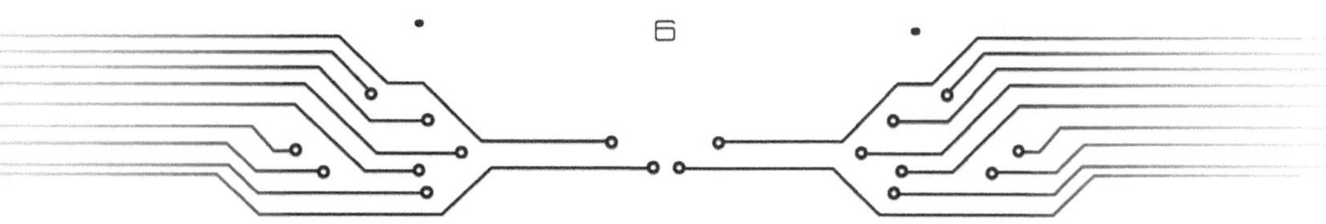

6

Maeck consulta son I.N.I., nerveux. Déjà dix-huit heures ; comment ses « partenaires » prendraient-ils son retard ? Probablement mal. Il bouscula une fois de plus sa collègue :

— Allez, s'il te plaît, Abbyl, grouille, je suis à la bourre, je dois me rendre quelque part.

Elle lui jeta un regard circonspect.

— C'est bien la première fois que je te vois si pressé. Ton rencard galant dans l'Oracle, toujours ?

Il se tordit les mains.

— Non. Écoute, je dois vraiment partir.

— On dirait presque que tu as peur. Ça va ? Tu la rencontres pour de vrai ce coup-ci ?

Rho, s'il te plaît, arrête de me poser des questions et avance !

— J'ai juste pas de temps à perdre. Alors, on va faire un truc : je reprends la camionnette, je me pointe à mon rendez-vous, et je reviendrai la garer ici. OK ?

Il attendit sa réponse, inquiet. Abbyl le dévisagea d'un air suspicieux. Pourvu qu'elle ne lui demande pas ce qu'il comptait faire avec le véhicule de la corporation.

— Et la collecte ? On n'a même pas terminé de la décharger !

— Ne t'occupe pas, je le ferai tout seul. Alors, deal ?

Elle haussa les épaules.

— Comme tu veux. Moi ça me permet de finir plus tôt. En revanche, fais gaffe, Maeck.

Il se racla la gorge.

— Quoi ?

— Je te connais. Ne te fais pas avoir. Ne la laisse pas te mener par le bout du nez !

Maeck soupira. Qu'est-ce qu'elle racontait encore ?

— Pourquoi tu penses qu'elle veut forcément me manipuler ? Pour toi, impossible qu'on s'attache vraiment à un gars comme moi, c'est ça ?

— Ce n'est pas du tout ce que j'ai dit. Je te mets juste en garde, parce que je sais que tu as un côté un peu comment formuler ça... Naïf ? Tu as l'air si stressé ! Ça ne te ressemble pas. J'ai peur qu'elle t'entraîne dans des trucs louches. Tu ne la connais pas.

Comme il ne répondait pas, elle ajouta :

— Bref, reste sur tes gardes, c'est tout.

Maeck balaya ces inepties d'un revers de la main.

— J'y penserai, merci du conseil...

Et se dirigea vers le véhicule aux bandes violettes de l'Apex Corp, sans même attendre qu'elle s'éloigne.

Ouf ! Finalement, Maeck s'en tirait sans trop de difficultés. Dans son dos, sa collègue lui cria :

— Si tu veux mon avis, en plus, ta nana va trouver ça dégueu. Passer la chercher avec la benne encore pleine de... enfin tu comprends, ça manque sérieusement de classe. Comme romantisme on a vu mieux !

Il l'ignora et grimpa dans l'habitacle. Son I.N.I. se connecta avec l'ordinateur de bord, les vitres s'obscurcirent et le plan de la ville apparut sur l'écran du pare-brise. Il commanda la destination et se cala au fond du siège. À cette heure, la circulation se densifiait ; les citoyens rentraient chez eux après une dure journée de labeur. Jamais il n'arriverait à temps ! Ses ongles raccourcissaient à mesure que les secondes s'égrenaient, malgré les doses d'hormones délivrées par son I.N.I.

Durant le trajet, il vérifia que Laomesis ne revenait pas dans l'Oracle. Toujours aucun signe d'elle, son avatar restait désespérément vide.

Plus de quarante minutes après, il parvint sur les lieux. La vitre reprit sa transparence, révélant l'extérieur du véhicule ; la porte nord se dressait tout au bout de la rue, gardée par des milices Red Shield, reconnaissables à leur avatar et leur brassard rouge. À cet endroit, le mur qui encerclait la ville, haut comme un immeuble de plus de cinq étages, pouvait s'ouvrir.

Près de lui, appuyé contre la rambarde qui séparait le trottoir de la route, Devan discutait avec deux autres personnes. Maeck s'arrêta à leur niveau et descendit du camion. La tête rentrée dans les épaules, il s'avança vers eux.

— Désolé pour mon retard, y avait un bouchon…

Le groupe se tourna vers lui. Maeck recula instinctivement.

— On commençait à se demander ce que tu foutais, commenta sobrement Devan. Bon, les gars, on se retrouve plus tard !

Les autres lui firent un signe de la main et s'éloignèrent. Devan pointa sur lui un doigt accusateur.

— T'as pas changé d'avis j'espère ?

— Non, non.

— Parfait. Allez, monte, direction chez les Exclus.

Il prit place sans gêne dans la camionnette d'Apex Corp. Maeck s'installa à son tour aux commandes. Il n'osait pas poser la question qui lui brûlait les lèvres : où se rendaient-ils, très exactement ? En tant que collecteur, Maeck franchissait parfois les portes de la ville pour charger les corps que ces charognards de ramasseurs amenaient pour toucher les primes, mais ne s'aventurait jamais plus loin. Les entreprises de l'Alliance des Cinq refusaient, la plupart du temps, de s'enfoncer au cœur des quartiers des Exclus, par crainte de vandalisme ou d'agression.

Laomesis… il faut que je pense à Laomesis.

L'espoir de la retrouver bientôt lui donna l'énergie nécessaire. Il roula jusqu'à la barrière et sourit poliment aux miliciens. Ces derniers enregistrèrent rapidement son I.N.I. et lui ouvrirent l'accès sans opposer de résistance ; le statut de Maeck le désignait bien comme collecteur, il pouvait tout à fait passer pour effectuer son travail. Une fois les lourds battants refermés, Devan lui ordonna d'arrêter le véhicule.

Ils descendirent. Maeck n'en menait pas large. Coupé de la civilisation, de l'autre côté de l'enceinte, au milieu des Exclus, il se sentait particulièrement vulnérable. Devan s'alluma une cigarette et souffla un nuage de fumée.

— On attend quelqu'un ? demanda Maeck d'une petite voix.

Devan lui lança un regard amusé.

— Non, je me suis juste dit que ce serait cool de venir griller ma clope ici.

Maeck haussa les épaules.

Pas la peine de te foutre de moi. Me répondre ne t'arracherait pas la gueule, que je sache !

Il garda toutefois ses réflexions pour lui et se contenta de patienter. Pas longtemps : dans la nuit tombante, il entrevit bientôt une silhouette plus sombre se découper sur la façade claire du bâtiment d'en face. Devan écrasa son mégot.

— Rob ? C'est toi ?

L'ombre traînait une énorme remorque à aéroglisseurs. Celle-ci devait contenir une collecte, devina Maeck.

— Ouais.

— Eh ben, vous avez tous décidé de me faire attendre, ma parole !

— Ohé, ça va !

Le nouveau venu apparut dans le faisceau des phares. Maeck s'aperçut qu'il portait deux bras cybernétiques décorés de la même croix bleue lumineuse que celle qui recouvrait le biceps de Devan. Sans doute le signe d'un gang ? L'inquiétant personnage se tourna vers lui.

— Salut. Voilà les corps à enregistrer. C'est tout le bordel semé par la cargaison foireuse à l'Homme Antique.

— Ta gueule, Rob, c'est qu'un invité !

Maeck haussa les épaules ; il se fichait bien de connaître la provenance de ces collectes ou comment elles avaient péri. Il le contourna pour regarder dans la remorque : au moins deux dizaines de cadavres s'y entassaient. À première vue, essentiellement des Dépistés ; ils en revêtaient la marque sur la tempe.

Si j'avais su, j'aurais apporté une combinaison plus épaisse.

Il comprenait bien que les Dépistés souffraient de malformations ou maladies génétiques, donc pas transmissibles a priori, pourtant c'était plus fort que lui. Ces êtres lui inspiraient de la répulsion. La peur d'un jour grossir leurs rangs en était-elle la cause ? Il l'ignorait. Néanmoins, il ne se passait pas six mois sans que quelqu'un de sa connaissance ne se voie apposer ce symbole sur la tempe et dégager chez les Exclus. Des gens qui jusqu'alors n'avaient jamais sonné positif sous les arches de dépistage. Du jour au lendemain, ils se retrouvaient porteurs d'une mutation génétique et déportés ici. Maeck frissonna. Le pire cauchemar pour un citoyen.

Il poussa la remorque vers la benne de son camion. En y regardant de plus près, ces macchabées ne présentaient pas de stigmate particulier, rien qui puisse indiquer la cause de leur passage à trépas. Sans doute leur condition de Dépisté suffisait-elle à l'expliquer. Il dégaina le scanner qui pendait à sa ceinture et le glissa le long du premier corps. Le voyant vira au rouge : aucune confirmation de décès. Une erreur ? Il tenta une seconde fois. Même sanction.

Depuis quinze ans qu'il travaillait comme collecteur, jamais cet outil n'avait montré de défaillance. Cela dit, il fallait bien un début à tout, n'est-ce pas ?

Tendu, il répéta l'opération sur une autre dépouille. La diode écarlate refusait de s'éteindre. Que se passait-il ? Il observa la cargaison d'un peu plus près. Les poitrines se soulevaient au rythme des respirations. Oh, de manière assez ténue, très faible ; on aurait sans aucun souci pu les croire trépassés. Cependant, ils ne l'étaient pas. Maeck leva un regard affolé vers Devan. Que cherchaient-ils à lui faire commettre ?

— Euh… Je pense qu'il y a une erreur, ils ne sont pas morts.

Devan se contenta de balayer le problème d'un geste de la main.

— C'est tout comme. Overdose à l'Onyx ; on nous a livré une version foireuse, comme l'a si discrètement laissé échapper Rob.

L'Onyx ? Maeck avait déjà collecté des drogués à l'Onyx, effectivement. Refroidis. Là…

— Oui, mais… Ils ne sont pas encore morts, insista-t-il.

Le molosse se cala entre la remorque et lui et le toisa de toute sa hauteur.

— Je t'ai dit c'est tout comme. Regarde par toi-même, c'est pas curable.

Maeck consulta internet par le biais de son I.N.I. pour vérifier l'information. Devan ne mentait pas : les victimes d'overdose à cette drogue sombraient dans un coma si profond que pas un seul n'en réchappait. On finissait invariablement par les débrancher pour les laisser s'éteindre ; les lits d'hôpitaux comptaient des places restreintes.

— Et tu veux que je les envoie en recyclage, avant leur dernier souffle ?

— Question pratique. Leur fin reste identique, ils ne sentiront rien, nous on n'a pas d'endroit pour les entreposer. Pas de famille pour payer les soins, ils ne manqueront à personne. Et puis la prime nous intéresse, bien sûr. Ce sont des Exclus, qu'est-ce que ça peut bien te faire ? Tout le monde s'en fout des Exclus, non ? En ce qui te concerne, j'imagine que ta motivation pour retrouver ta cible est toujours intacte, pas vrai ? Tu sais ce qu'il te reste à faire.

Maeck se tordit les mains. Bien sûr qu'il voulait chercher Laomesis. Cependant, ce qu'on lui demandait là lui posait un cas de conscience. Jamais encore on ne lui avait fait enregistrer de personne non décédée. S'il acceptait, il franchirait une étape et deviendrait criminel à son tour, non plus simple complice... Fermer les yeux sur des infractions et passer à l'acte s'avéraient deux situations bien distinctes.

— Alors, tu te magnes ? On avait un deal, tu te souviens ? Tu veux ta cible oui ou merde ?

Bon sang, mais arrête de l'appeler comme ça !

« Votre niveau de stress vient d'augmenter. Souhaitez-vous que je vous apaise ? » lui proposa pour la énième fois son implant. Il accepta la dose maximale.

— Ça va les tuer, objecta-t-il d'une voix timide.

Devan pencha la tête de côté et fit la moue.

— Je ne suis pas sûr qu'on puisse dire ça... Pour moi ils sont déjà morts, tu vois ? Des Dépistés pour la plupart, des Exclus, au départ ils ne bénéficiaient pas vraiment d'une vie normale. Là avec l'overdose, dans tous les cas ils finissent à la morgue. Si ça peut te rassurer, considère ça comme un acte miséricordieux : tu abrèges leur agonie.

Maeck hocha la tête. Après tout, Devan avait raison. Sans traitement contre l'Onyx, ces pauvres hères se trouvaient condamnés : les overdoses à cette drogue restaient mortelles sans exception. Autant supprimer leur souffrance. N'est-ce pas ?

Arrête de tergiverser, tu n'as pas le choix. Où tu le fais, où tu peux dire adieu à Laomesis. Et si tu refuses, qui sait le sort qu'il te réserve ?

Pour sûr, avec ses prothèses cybernétiques et son allure patibulaire, Devan ne ressemblait en rien à un enfant de chœur.

— Il faut que je rentre les décès manuellement du coup.

Devan s'inclina :

— Je t'en prie. Fais ton job.

Maeck revint vers le premier corps : un jeune homme sobrement vêtu pour la saison, le tatouage des dépistés sur la tempe, les cheveux rouges, la peau pâle. On aurait dit qu'il dormait. En s'approchant, il pouvait voir ses yeux rouler sous ses paupières.

N'y prête pas attention !

Il scanna son I.N.I. puis confirma son décès en entrant le code correspondant. Le scanner enregistra l'information. Il releva la tête, l'air gêné.

— Un petit coup de main pour le porter, s'il te plaît ?

Visiblement satisfait de son comportement, Devan agrippa les chevilles du drogué. Maeck le saisit sous les épaules : le contact de sa peau encore tiède l'intimida. Il se mordit les lèvres.

Il est déjà mort, ou c'est tout comme. Pas d'issue favorable possible pour lui.

Pourtant, plus il invoquait ces arguments, plus ce qu'il entreprenait le rendait mal à l'aise.

Allez, un mauvais moment à passer !

Il inspira profondément et conjugua ses efforts avec ceux de Devan pour soulever la victime. Au moment où il bougea le jeune homme, ce dernier soupira un peu plus fort. Maeck faillit lâcher sa prise. Impossible de le confondre avec l'une de ses collectes habituelles. On aurait vraiment dit qu'il allait se réveiller d'un moment à l'autre ! Il déglutit et le versa dans la benne : aucune réaction.

La dépouille suivante offrait l'image d'une muse endormie. Les cheveux roux, longs et ondulés, la jeune femme semblait sereine dans son coma. Un serpent tatoué s'enroulait autour de son cou.

Arrête de les regarder, ça rend les choses plus difficiles. Allez, le plus vite tu auras fini, le plus vite tu pourras oublier tout ça !

Maeck s'attela à la tâche, enregistra son décès et la souleva. Plus facile que la première collecte. En fin de compte, c'était un coup à prendre. Avec un peu de pratique, ces corps mous pouvaient se manipuler presque aussi aisément que les cadavres raidis par la mort.

Petit à petit, il parvenait à occulter les protestations de son sens moral. Après tout, sans lui ces gens se seraient tout de même arrangés pour arriver à leurs fins. Il n'était pas responsable de ce qui se déroulait.

La troisième ne portait pas la marque des Dépistés. Elle ressemblait en tous points à une citoyenne lambda. Chignon blond dont quelques mèches se dégageaient négligemment, teint pâle. Il hésita un instant, consultant Devan du regard. Celui-ci restait impassible. Maeck haussa les épaules.

Encore une fois, elle est déjà foutue, se martela-t-il.

Anesthésié par les hormones, il s'exécuta une nouvelle fois et la hissa sur son dos à la façon d'un sac à ciment, sans ménagement, avant de passer au suivant.

L'enchaînement de ces gestes répétés leur fit perdre leur aspect monstrueux. Au moment de saisir le dernier, un éclair de conscience frappa Maeck.

Bon sang, qu'est-ce que tu es en train de faire ?

Trop tard. Il s'était aventuré trop loin, impossible de faire marche arrière. Une sueur froide recouvrit son dos. En quoi se métamorphosait-il ? Laissait-il la laideur du monde réel le transformer ?

Non, tu restes le même, tenta-t-il de se persuader.

Sa camionnette comptait à présent dix-huit collectes de plus ; des drogués authentifiés comme décédés. La besogne accomplie, Maeck luttait contre la nausée que le dégoût de lui-même provoquait. Il referma la portière.

— Je dois aller les déposer au centre, maintenant. Je pense en avoir pour deux bonnes heures, en incluant l'aller et le retour. C'est toujours OK pour ce soir ?

— Absolument. Je t'attends dans l'Oracle, donne-moi ton identifiant. Pars sans moi, je réintégrerai la ville par mes propres moyens.

Maeck acquiesça sans demander plus de détail et lui confia son pseudonyme. Moins il en savait sur ce type et ses manigances, mieux il se porterait.

Le trajet vers les locaux d'Apex Corp lui laissa un goût amer. La perspective de bientôt revoir son amour se ternissait des actions accomplies. Pourvu que les bras de Laomesis parviennent à lui faire oublier ce monde glauque.

Et pourvu qu'elle ne me trouve pas trop changé.

Le déchargement se révéla plus pénible que d'habitude : ces corps encore souples s'avéraient une vraie plaie à déplacer. En sueur, Maeck regarda le dernier progresser le long du tapis mécanique. Quand la trappe l'avala, il éteignit son couloir, prit la douche de décontamination puis rentra chez lui : il détestait les bars à immersion, considérait l'espace public peu propice à ce genre de pratique et préférait toujours l'intimité de son appartement pour plonger dans l'Oracle.

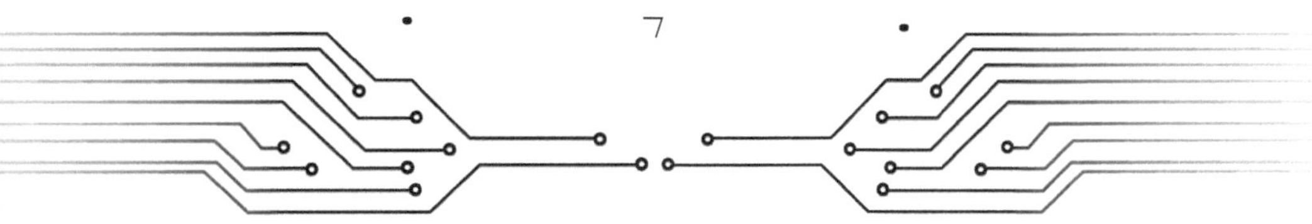

7

Quand son esprit s'enfonça dans l'Oracle, le bien-être envahit Maeck ; son environnement idéal lui procurait toujours le même soulagement, plus efficace encore que les hormones. Ses ailes se déployèrent. Dans la peau d'Ange 277, Maeck se sentait plus léger, comme s'il laissait ses méfaits et toute la laideur dans l'autre monde.

L'écho de Laomesis, figé, n'avait pas bougé. À côté, un être qui ressemblait à un elfe noir tiré du jeu Exoborder Redemption se tenait dans une position décontractée. À son arrivée, ce dernier poussa un sifflement admiratif.

— Eh bien, tu rigoles pas, toi, quand tu personnalises.

Par réflexe, Ange 277 sourit et éclaira quelques zones pour les mettre plus en valeur.

— Ça te plaît ?

— Très chouette.

Puis il se reprit : Metrobot ne se promenait pas ici en touriste. Il privatisa l'endroit pour discuter de ce qui l'animait.

— C'est elle.

Ange 277 se rapprocha de Laomesis, encore immobile. La vue de son avatar éveilla en lui des sentiments d'une douceur exquise. Il passa les mains au travers de son visage et un éclair de peine lui traversa le cœur. Elle ne réagissait toujours pas, ne revenait pas à elle.

— Je voudrais la retrouver.

— Elle ? Je pensais qu'elle faisait partie du décor.

Ange 277 secoua la tête.

— Non, je l'ai découverte comme ça.

— Ah, un écho d'avatar. Ça arrive quand on quitte salement l'Oracle. Écoute...

Il se planta devant lui.

— Je me suis gouré sur toi. Je suis désolé.

— Pardon ?

Comment ça, il était désolé ? Remettait-il en cause sa parole ?

— Je pensais que tu cherchais à buter quelqu'un. Tu comprends, les gens qui se pointent comme ça en demandant un service, ben en général...

La peur commençait à s'infiltrer dans les veines d'Ange 277. Il n'avait pas commis toutes ces infractions pour rien, tout de même ?

— Visiblement, reprit Metrobot, ce n'est pas pour cette raison. Cette fille...

Il désignait Laomesis de la tête.

— C'est ton crush, pas vrai ?

Penaud, Ange 277 acquiesça.

— Mais tu vas quand même la localiser ? Tu avais promis !

La naïveté de son exclamation le gêna lui-même. Le rire de Metrobot résonna dans l'espace.

— Je suis un gars de parole, moi. Simplement, si j'avais su, je ne t'aurais probablement pas entraîné là-dedans, c'est pas cool. J'aurais trouvé un autre échange. Bref, ce qui est fait est fait.

Ange 277 le dévisagea, incrédule. Finalement, ce bonhomme pouvait se montrer sympathique. Il lui sourit.

— Pas grave, je ferais tout pour la rejoindre.

Metrobot posa une main sur son épaule.

— Je vais t'aider. Cela dit... Laisse-moi deviner. Tu ne l'as jamais rencontrée dans la vraie vie, si ?

— Non.

— Et avant que tu la retrouves comme ça, vous vous êtes disputés peut-être ?

Disputés ? On ne pouvait pas vraiment appeler son départ précipité une dispute, si ?

— Disons que je l'ai quittée un peu abruptement.

— Cherche pas plus loin dans ce cas. Elle s'est déconnectée sauvagement, de colère. Tu es sûr que tu veux aller la voir comme ça, alors qu'elle ne revient pas ? À sa place, ça m'énerverait plutôt qu'autre chose, qu'on vienne me déranger si j'ai décidé de prendre un peu de distance...

De sympathique, Metrobot devenait intrusif. Ange 277 poussa un soupir d'agacement.

— Oui, je suis sûr. Bon, tu peux la localiser ?

Metrobot leva les mains.

— Ouais, OK, te crispe pas. Je suis de ton côté, moi. Puis si tu ne l'as jamais vue, si ça se trouve, c'est un gros barbu qui t'attend. Tout ce que je veux dire, c'est que tu ne devrais pas trop te faire d'idées.

— Je m'en fous. Je l'aime.

Metrobot sourit.

— D'accord. C'est toi qui décides.

Il tourna autour de l'écho d'avatar en se grattant le menton, plusieurs fois. Soudain, le soupçon revint chatouiller Ange 277.

— Au fait, il n'y avait plus d'écran holo quand je suis venu chez toi...

Metrobot leva les yeux vers lui.

— Et ?

— Tu sais faire, au moins ?

— En théorie.

Oh non... Il aurait dû s'en douter !

— C'était pas toi le hacker, c'est ça ?

La bouche de son interlocuteur se tordit en une grimace peu engageante.

— Tu l'as collecté, le hacker. Ne t'inquiète pas, poursuivit-il, j'ai pris ce qu'il faut sur son I.N.I. Logiquement, je devrais pouvoir m'en sortir. Je dois juste remettre de l'ordre dans ses pensées.

Ange 277 lui jeta un regard morne.

— T'es un collectionneur ?

Porter une prothèse cybernétique ou un implant, quoi de plus ordinaire ? S'il en avait les moyens, Ange 277 ne se refuserait pas une petite augmentation lui-même. Un bras, des yeux, une peau, des cheveux... En revanche, ces gens qui abritaient dans leur crâne la mémoire d'un autre en plus de la leur lui paraissaient franchir une étape qui les éloignait du commun des mortels. Ange 277 les craignait. D'autant que ces derniers tendaient souvent à sombrer dans des psychoses diverses et variées, voire à devenir dangereux.

— Non, c'est la première fois que je prends des souvenirs. J'en avais besoin.

Il le regarda un moment.

— T'inquiète pas, y a pas de conflit, je gère, ajouta-t-il en tapotant sa tempe.

Ange 277 haussa les épaules.

— OK, si tu le dis.

Après tout, peu importait. À présent, Ange 277 ne réclamait qu'une chose : retrouver Laomesis. Metrobot se redressa et s'approcha de l'écho.

— J'ai compris, c'est bon. J'y vais.

Il ferma les paupières. Ange 277 s'installa sur un nuage de couleur turquoise pour l'observer. L'avatar de Laomesis se troubla et frémit sous l'effet du piratage : la réalité virtuelle se fêlait.

Soudain, l'écho disparut.

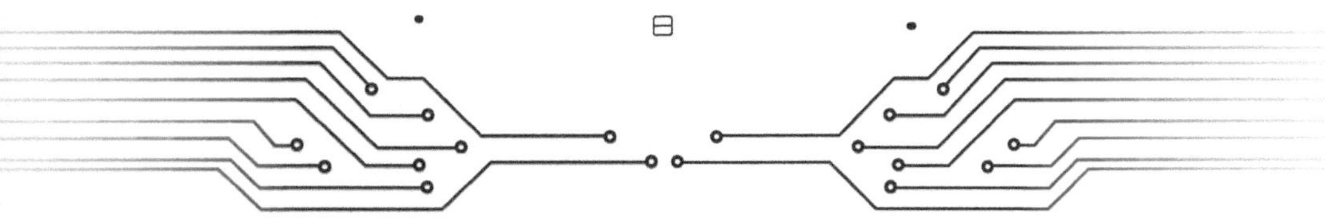

Ange 277 bondit et se précipita vers Metrobot qui rouvrait les yeux.

— C'était quoi ? Où est-elle passée ?

L'air décontenancé de ce dernier fit grimper son angoisse.

« Votre niveau de stress… »

« Skip ! »

— Je ne sais pas. Je l'avais et d'un coup, pouf, elle est partie. Eh, t'en as une drôle de tête ! Ne t'en fais pas, le bug est juste réparé, c'est tout, faut pas t'inquiéter !

Ange 277 considéra Metrobot. Celui-ci paraissait sûr de lui. Ses propos le rassurèrent un peu.

— D'accord… Tu as eu le temps de localiser sa dernière connexion ?

— Oui. Par contre, ça ne va pas te plaire.

— Quoi ?

Metrobot se retourna vers lui, le dévisageant de manière étrange.

— T'essaierais pas de nous doubler, toi, des fois ?

Ange 277 se recula.

— Non, pourquoi ?

Sans lui répondre, Metrobot le fixa quelques minutes.

— OK, on ne dirait pas… Disons que ta chérie se trouve dans un coin que je connais bien. Tu es sûr que tu veux la retrouver ? Tu vas être déçu…

Bon sang, il commençait à l'énerver avec ses mystères !

— Vas-y, crache le morceau, elle est où ?

— Chez les Exclus.

Ange 277 ouvrit la bouche et la referma comme un poisson hors de l'eau. Le voilà donc, le fameux secret honteux que cachait Laomesis ! Elle se trouvait chez les Exclus ! Pas étonnant qu'elle ait voulu lui dissimuler cet aspect de sa vie. Immédiatement, une vague de soulagement l'emplit. Certes, cet abord sombre s'avérait affreux, toutefois, Ange 277 se sentait capable de passer outre. Diable, Laomesis pouvait même porter la marque des Dépistés que cela ne le refroidirait pas pour autant. Il grimaça. Disons qu'il parviendrait également à en faire abstraction. Après tout, il s'agissait de Laomesis, l'amour de sa vie !

— Il y a autre chose...

Metrobot semblait gêné. Ange 277 lui lança un regard interrogateur.

— J'ai l'adresse précise de sa dernière connexion. Alors j'ai une bonne et une mauvaise nouvelle.

Ange 277 soupira.

— Vas-y, arrête de tourner autour du pot.

— C'est toi qui vois. La mauvaise concerne sa localisation : elle se trouvait dans un hôtel de passe, le Cosmos Resort. Ton crush est probablement une fille de joie... Ou un homme de joie ou peu importe, tu comprends ce que je veux dire. Je conçois mal un consommateur se connecter à l'Oracle là-bas, ils ont mieux à faire...

Ange 277 accusa le coup. Laomesis, sa Laomesis, dans les bras d'autres que lui ? Son corps offert, son intimité partagée avec des étrangers ? Voilà une image qui le révulsait au plus haut point. Il déglutit.

— Et la bonne nouvelle ? demanda-t-il d'une voix rauque.

— Je connais l'endroit. Elle est l'une des nôtres. Si tu veux, je pourrai glisser un mot au tenancier pour qu'il lui accorde une pause le temps que vous discutiez.

La belle affaire. Discuter ? Se contenter de bavarder avec elle tout en sachant que juste après, elle retournerait... au travail ? Non, il devait bien y avoir un moyen de l'extirper de ce milieu sordide !

— Tu disais que si je demandais un supplément, il y aurait un autre marché à conclure...

Metrobot arqua un sourcil.

— Tu veux quoi ?

Ange 277 s'éclaircit la voix.

— La sortir du bordel ?

— Ha ha ha ! Tu y vas fort, toi ! Parles-en d'abord avec elle, si ça se trouve c'est une position qui lui convient.

À ces mots, la bile remonta le long de la gorge d'Ange 277. Comment pouvait-il émettre ces propos ? Bien sûr que Laomesis ne se complaisait pas dans ce genre de situation !

— Je ne pense pas, non, siffla-t-il entre ses dents.

— Ne t'énerve pas, hein ! Tout ce que je dis, c'est qu'au Cosmos Resort, ils traitent bien les prostitués. Y a des chances que ton crush ne s'y sente pas si mal, c'est plutôt une bonne nouvelle, tu trouves pas ?

La colère lui piquait les yeux et l'empêchait de réfléchir correctement. Pas Laomesis, pas elle. Il la connaissait. Sa pureté, son innocence, sa sincérité... Jamais elle ne pourrait se satisfaire de ce genre d'existence. Il devait l'en sauver.

— Réponds à ma question. Pour racheter sa liberté, combien il m'en coûterait ?

— Ben probablement de quoi lui permettre de gagner sa vie, en premier lieu... Sans ça, elle n'aurait aucune raison de s'en aller. Elle est déjà libre, en fait. Tu as les moyens de l'entretenir ? Tu es magicien ? Tu peux créer des jobs comme ça, en partant de rien, chez les Exclus ? Si la réponse est non, je suis navré, mais je ne vois pas bien quelle solution tu peux lui proposer dans ce cas...

Un emploi ? À vrai dire, il ne s'était jamais posé la question. Comment les Exclus vivaient-ils ? Maintenant qu'il y pensait, il ne connaissait aucun poste officiel à pourvoir là-bas. Les firmes de l'Alliance des cinq n'y possédaient aucune implantation, aucune filiale, aucun sous-traitant. À part le revenu universel, d'un montant ridicule, que pouvaient bien toucher les Exclus ?

Les commerces...

— Tu sais comment ils font les gens, pour vivre, toi ?

— De l'autre côté du mur, tu veux dire ?

— Oui.

— Ben ils se débrouillent...

— Ils achètent bien leur bouffe quelque part, il y a des magasins, non ?

— En effet. Les entreprises acheminent les invendus chez les Exclus, des grossistes les négocient à prix modique et les refourguent. Il y a aussi de la récupération, du vol, des extorsions... Bref, de la débrouille, comme je disais.

— Je pourrais devenir grossiste. Acheter les surplus et monter mon commerce.

— Attends, tu ne suggères pas vraiment de laisser tomber ton emploi à l'Apex Corp, quitter la ville et ses services pour te perdre là-bas ? Pour quelqu'un que tu n'as jamais rencontré en plus !

Ange 277 le contempla, pris de pitié. Le pauvre, n'avait-il jamais expérimenté de tel amour ? Bien sûr qu'il avait rencontré Laomesis. Il la connaissait sur le bout des doigts, intimement. Laomesis, son âme sœur, sa jumelle d'esprit, son amante, sa confidente.

Il s'éleva dans les airs, porté par ses ailes, gonflé d'espoir.

— Si c'est très exactement ce que je prévois.

Je suis prêt à tout pour elle, tu ne comprends pas ? Elle est la seule bribe de beauté dans ce monde. La seule avec laquelle je voudrais finir mes jours.

La langue de Metrobot claqua, méprisante.

— T'es taré, mec. Imaginons : tu plaques tout, tu vas là-bas. Tu fais comment pour réunir la somme nécessaire pour acheter en gros les marchandises ? C'est pas gratuit, tu sais. Il faut des thunes pour monter une boutique. Sans compter que tu devras trouver un local. Les bâtiments en état, ça ne court pas les rues dans le coin.

Ange 277 gémit. Il ne pouvait décemment pas se pointer en face de Laomesis sans rien lui proposer pour l'extirper de cette misère ! Quelle cruauté de sa part ce serait. « Laomesis, je t'ai retrouvée. Je voulais m'excuser de mon comportement, je n'aurais pas dû quitter l'Oracle aussi précipitamment. Comme tu peux le voir, je suis prêt à t'accueillir, telle que tu es. J'accepte de vivre à tes côtés, si tu le souhaites. En revanche, je suis incapable de te soustraire à ton milieu. Tu vas retourner faire le tapin, on se retrouvera le soir si tu veux encore de moi. ». Non, cela ne pouvait décemment pas se passer de cette façon. Il devait lui soumettre une échappatoire. « Si tu le souhaites, je t'offre une porte de sortie. Un job auquel tu peux accéder : commerçante. Fais ton choix, quel qu'il soit, je l'accepterai, je suis de ton côté et je t'aime. ». Voilà qui sonnait beaucoup mieux.

— OK, alors il me faut un pactole. Un paquet de crédits. Une idée sur la manière de m'en procurer rapidement ?

— Plante un arbre à crédits.

— Non, sérieusement ? Je suis prêt à tout.

Metrobot le dévisagea un instant.

— Très bien. Après tout c'est toi qui décides. Viens chez moi demain soir, si tu n'as pas changé d'avis entre temps. Je vais voir ce que je peux te proposer.

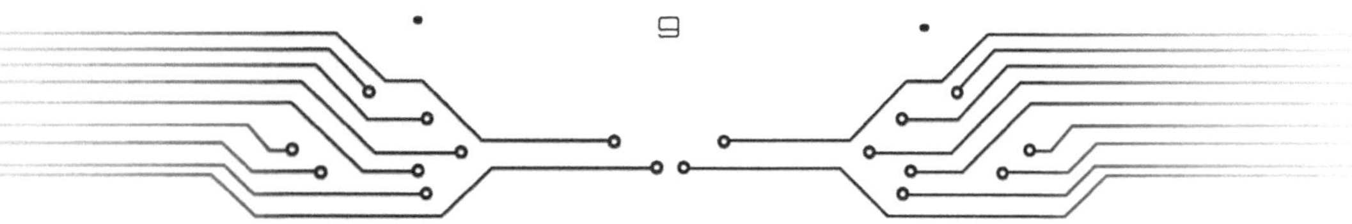

La pluie acide dévalait le long des carreaux de sa fenêtre. Maeck s'était connecté en vain dans l'espoir de la revoir. Laomesis demeurait absente. À quel point son départ précipité pouvait-il l'avoir blessée ? Il ne supportait plus la pensée qu'elle puisse se méprendre sur ses sentiments.

Tout au long de la journée, d'autres questions avaient torturé son esprit.

Le concernant, que s'estimait-il prêt à accomplir, à sacrifier ? Quitter la ville et son confort ? S'exiler chez les Exclus, la terreur de tout citoyen de Montélac ? À bien y regarder, son appartement étriqué et la vie morne qu'il menait ne le satisfaisaient pas. Pourquoi ne pas changer radicalement ? Rien ne le retenait ici. Oui, bien sûr, habiter de l'autre côté du mur l'exposerait à la violence de ces quartiers, réputés pour leur sauvagerie, où la loi du plus fort régnait. Toutefois, qu'est-ce que Montélac pouvait lui offrir de mieux ? En quoi se montrait-elle différente ? La laideur se reflétait dans ses moindres recoins. Maeck ne le supportait plus.

Rien à regretter.

Là-bas, il retrouverait Laomesis. Son idée de commerce pouvait fonctionner. Dans le cas contraire, peu importait : il ne serait plus perdu. Laomesis seule comptait. Son ancre. Il ne pouvait pas se montrer lâche au point de renoncer à elle.

Et si jamais elle l'éconduisait ? Depuis son excursion chez les Exclus, une autre crainte le rongeait. Dans quelle mesure ce qu'il y avait accompli l'avait-il transformé ? Le reconnaîtrait-elle, l'accepterait-elle toujours ? Quand bien même il ne lui révélerait pas son forfait, le devinerait-elle et se détournerait-elle de lui ?

Cette vie chez les Exclus devait se voir comme un nouveau départ. Une opportunité de changer radicalement, d'effacer l'ardoise, de se reconstruire. Elle le comprendrait bien, non ?

Et dans le cas contraire, tant pis. Au moins, il aurait essayé.

Le tag anonyme rouge qui ornait son immeuble le hantait. S'il passait devant chaque jour, celui-ci l'interpellait désormais avec force. « Mieux vaut vivre avec des remords qu'avec des regrets ». Dessous, une seconde inscription, signée des Brigades du Réveil : « Ne vous résignez pas ». Les coulures de peinture noire sous les lettres semblaient chercher à recouvrir le mur sans y parvenir.

Maeck refusait de se résigner.

Pour une fois, il voulait tenter sa chance. S'il devait perpétrer des actes répréhensibles pour réussir, soit. Après tout, si lui ne s'y collait pas, les malfrats trouveraient d'autres moyens de réaliser leurs ambitions. Devan pouvait lui demander ce qu'il souhaitait : il se sentait prêt à payer le prix nécessaire pour mener une nouvelle vie, aux côtés de Laomesis. Après ce qu'il avait déjà commis, que pouvait-il faire de pire ? Au point où il en était, reculer ne servirait à rien.

D'un pas décidé, il quitta son logement. Du bout des doigts, il effleura les graffitis sur la façade avant de s'engouffrer dans sa voiture.

À mon tour. Aujourd'hui, je prends mon destin en main.

Devan l'accueillit plus chaleureusement que la première fois. Maeck commençait à envisager la possibilité que celui-ci devienne plus qu'un partenaire, plus tard. Après tant de temps passé à chercher des connexions avec les gens, il arrivait enfin à se lier. Sans doute un signe que les cieux lui envoyaient pour lui signifier qu'il prenait la bonne décision.

Devan l'invita à s'asseoir et lui tendit une bière.

— Alors, tu as réfléchi ? J'imagine que si tu es ici, c'est que tu n'as pas changé d'avis ?

— Je suis plus déterminé que jamais. Ma vie réside auprès de celle que j'aime, chez les Exclus.

— J'avoue que c'est pas banal comme choix, mais c'est le tien. Du coup j'ai deux propositions pour toi, cumulables.

Il le dévisagea attentivement avant de continuer :

— Seulement je dois te prévenir, tu devras dire adieu à ta petite existence bien rangée d'employé modèle d'Apex Corp.

Maeck haussa les épaules.

— Je crois que c'est déjà trop tard, pour ça, non ?

— Je veux dire définitivement adieu. Et ton pseudo, il risque de faire un peu tache, parce que c'est pas franchement un boulot d'ange que je t'offre, plutôt un job pour les déchus. Ça ne te pose pas de souci ?

Maeck hocha la tête.

— Je m'y suis préparé. Quel que soit le prix à payer. Du reste, c'est déjà pas tellement l'éclate, collecteur.

— Parfait.

Devan se cala au fond de son siège et avala une grande lampée avant de poursuivre.

— Première proposition, tu fais le passeur. Dans certains quartiers, pas évident d'y accéder pour nous. Toi, tu détiens l'autorisation d'aller partout avec ton véhicule de l'Apex Corp. On dissimulerait de la dope dans ta collecte et tu la livrerais là où on te dit. Tu fais ça pendant quelque temps, tu gardes ta paye, tu te débrouilles pour la suite avec ta girl.

Maeck hocha la tête une fois de plus. Trafic de drogue. Cela devait entrer dans ses cordes, il lui suffirait de détourner l'attention de sa collègue. Cela dit...

— Pendant combien de temps il faudrait que je m'y colle ? Je voudrais rapidement lâcher ce boulot pour me rendre de l'autre côté.

Devan posa la bière sur la table et se pencha vers lui, les mains jointes.

— On en vient à la seconde option, dans ce cas. En fait, là où tu peux nous servir, c'est en restant employé de l'Apex Corp, navré de te l'annoncer comme ça. En revanche, j'ai bien réfléchi. Si tu es prêt à t'engager avec nous, alors on peut trouver un moyen de faire passer l'enceinte de la ville à ta chérie. Elle vivrait chez toi, à Montélac, si elle le veut, si tu le veux. Bon, elle ne pourrait pas sortir, bien sûr, du moins pas tant qu'on n'aurait pas remodelé son apparence. Et il faudrait qu'on lui ôte son I.N.I. ; on a des gens pour ça. On trouvera le moyen de lui en dénicher une autre, ou alors un bracelet si elle ne souhaite pas se faire réimplanter, avec une nouvelle identité. Seulement pour ça tu devras faire tes preuves. Une nouvelle vie pour elle, à Montélac. Si vraiment elle choisit de ne pas rester là-bas, on peut s'arranger de cette manière.

Offrir une nouvelle vie à Laomesis ? Que pouvait-il rêver de mieux pour elle ? Cela semblait trop beau...

— Et que faudrait-il que je fasse, en échange ?

— En échange, tu appartiens au gang. Corps et âme. Tu exécutes les ordres sans poser de question. En cas de refus, tu rembourses de ta vie. Le clan peut faire beaucoup de choses pour toi, donc, logique, tu lui dois beaucoup. C'est le contrat.

Maeck déglutit. Effectivement, le tribut s'avérait conséquent. Vendre son âme au diable pour obtenir ses faveurs... Laomesis l'aimerait-elle toujours s'il acceptait ?

Elle n'aurait pas à savoir. Tout comme tu ne lui diras pas ce que tu as commis avec les Dépistés. Si tu refuses, impossible de lui proposer une alternative. Tu la condamnes à rester dans son bordel.

Se sacrifier pour son amour. Prendre la noirceur sur ses épaules pour lui permettre d'évoluer dans un monde plus sain et de garder son innocence. Une idée romantique. Nul doute que le karma le remercierait de cet héroïsme. Sa belle ne connaîtrait jamais l'étendue de son dévouement, certes... Cela dit, sa récompense lui suffirait. Sauver Laomesis de son statut pour le bonheur de nouer avec elle une relation idyllique.

Maeck soupira.

— Quel gang ?

Un large sourire éclaira le visage de Devan.

— Les Croix Bleues. Du reste, ça vous ferait un point en commun avec ta chérie, vu qu'elle est aussi des nôtres, comme je t'ai dit ; et cet aspect ne changera pas, même si elle arrête de taffer en tant que prostituée. Dernière mise en garde. Si tu acceptes là, maintenant, l'information circulera parmi tous les membres. Interdiction de t'en dédire par la suite, quel que soit le résultat de ton entrevue avec ta nana, c'est compris ? Une fois que tu entres dans le gang, c'est pour toujours. Pas de revirement, pas de trahison, sinon tu meurs. N'y vois pas de menace en l'air. On n'a pas le choix, c'est une question de survie pour nous : on ne peut pas laisser filer des moutons noirs dans la nature, beaucoup trop dangereux. Pour le bien du groupe, c'est la seule solution. OK ?

— J'ai compris.

— Alors ?

Maeck but une nouvelle gorgée à la bouteille pour se donner bonne contenance. Son destin se jouait à cet instant. Accepter l'alliance, s'engager chez les Croix Bleues et accéder à leur aide pleine et entière pour sauver Laomesis quitte à perdre potentiellement son humanité au passage. Accepter une alliance passagère, courir le risque de ne pas réussir à affranchir Laomesis et tout de même ébrécher sa moralité. Refuser toute alliance, garder son éthique et renoncer à vivre avec Laomesis. Trois choix bien distincts. Qu'est-ce qui lui importait le plus ?

Depuis le temps qu'il exerçait sa profession de collecteur, on ne pouvait pas vraiment dire que sa déontologie se portait au mieux. Son récent forfait chez les Exclus l'enfonçait définitivement. La voie qu'il poursuivait semblait claire : les ténèbres pour destination. La seule lumière dans son existence s'appelait Laomesis. Comment lui tourner le dos ? Comment refuser son unique chance de rédemption ? Vraiment, plus il y réfléchissait, plus sa décision se confortait.

Au moment de répondre, un éclair lui traversa l'esprit. Les paroles d'Abbyl, sa collègue, lui revinrent en mémoire. « J'ai peur qu'elle t'entraîne dans des trucs louches. Tu ne la connais pas. ». Et si toute cette mascarade se résumait à un plan machiavélique pour le recruter dans le gang ? Si Laomesis avait fomenté ce coup avec ces lascars ?

Non, je la connais. Elle ne m'aurait jamais fait ça.

La Laomesis qu'il fréquentait s'avérait incapable d'une telle traîtrise, quoi qu'en pense Abbyl.

Et si jamais je me trompe, au moins j'appartiendrai au même gang qu'elle. Ainsi, je pourrai la voir sans qu'aucun obstacle ne se dresse plus entre nous.

Il leva un regard affirmé vers Devan.

Quelle que soit votre intention, à Laomesis et toi, vous avez gagné.

— J'accepte.

Devan siffla d'admiration.

— Pas de regret, tu confirmes ?

— J'ai dit que j'étais partant. Ma vie ne vaut rien sans elle. J'échange mon existence contre la chance de rencontrer Laomesis et l'opportunité de la tirer de là où elle est.

Les yeux de Devan se teintèrent de bleu un instant. Peut-être envoyait-il l'information au reste des Croix Bleues ?

À cet instant, Laomesis reçoit un message qui me concerne. Sauf qu'elle ne le sait pas.

Cette idée l'emplit d'excitation.

— C'est noté, conclut Devan.

Il saisit une boîte de métal sur la table et l'ouvrit en scannant sa rétine. Délicatement, il en extirpa une puce électronique et la lui tendit.

— En ce cas, voici un add-on à installer sur ton I.N.I. Uniquement pour les nouveaux, on l'enlèvera quand tu auras fait tes preuves.

Maëck avança la main et Devan laissa tomber l'add-on dans sa paume. Un minuscule artefact qui scellait son destin. Sans trop s'attarder dessus, Maëck la glissa dans sa nuque, le temps de la mise à jour, puis la rendit, à Devan.

Celui-ci tendit sa bouteille vers lui.

— Bravo, tu fais officiellement partie du club ! On te testera sans doute bientôt. En attendant, trinquons à ton engagement !

Les verres tintèrent au moment où ils s'entrechoquèrent. Maeck se sentait anesthésié.

— On va faire de grandes choses ensemble.

— Tout d'abord, je vais aller la voir. J'ai enfin des alternatives à lui proposer.

— Fais ça. Le Cosmos Resort se situe par-là.

Il mima avec ses mains.

— Tu prends la porte nord et tu files tout droit, par l'artère principale. Normalement, tu ne peux pas le louper, tu tomberas dessus après une petite demi-heure de marche. Si on t'emmerde, tu dis que tu es un client des Croix Bleues, tu cites mon nom et tout ira bien. On te recontactera bientôt.

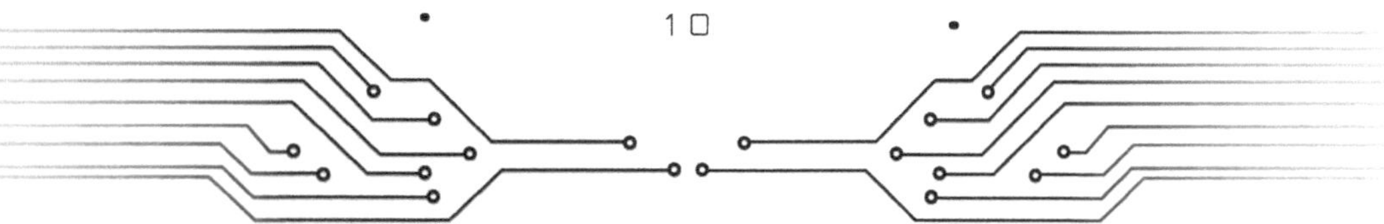

Maeck sortit de chez Devan l'esprit un peu groggy. Une partie de son cerveau lui criait dessus et le blâmait pour sa condamnation, l'autre l'invitait à récolter sans plus attendre le fruit promis.

Il décida d'écouter cette dernière.

Tant qu'il restait le même, que la noirceur ne l'envahissait pas trop, avant qu'il ne s'allie vraiment aux Croix Bleues et ne commette quelque action irrémédiable, il voulait voir Laomesis.

Du reste, elle appartient aussi au gang. Ce qu'elle y accomplit ne l'empêche pas de garder cette âme si pure que je connais.

Trois nuits entières s'étaient écoulées sans qu'il profite de sa présence, elle lui manquait trop, il avait besoin de sa dose de douceur. Seule Laomesis réussirait à le rassurer.

Il monta dans son Urbex et conduisit vers la porte nord. Sur la droite, un panneau indiquait le parking sur lequel les gens qui se rendaient chez les Exclus garaient leur voiture : précaution nécessaire pour ne pas se la faire vandaliser ou encore voler. Là-bas, les visiteurs se déplaçaient à pied, ou bien louaient les services de porteurs qui les poussaient dans des remorques à aéroglisseurs aménagées.

Maeck sortit de son véhicule et s'approcha de la porte. Cinq miliciens seulement montaient la garde ; toutefois, il savait que des renforts patrouillaient dans les environs. Les Exclus tentaient parfois de passer l'enceinte, Red Shield devait redoubler de vigilance près du mur. En cas d'effraction et d'entrée dans Montélac sans justificatif, ils tuaient les fautifs sans autre forme de procès.

— C'est pour quoi ? lui demanda une femme à la chevelure bleue, la main sur son blaster.

— Je vais visiter une amie.

Elle ricana en le jaugeant de bas en haut.

— C'est ça.

Elle passa son scanner derrière sa nuque. Un petit bip feutré retentit ; elle regarda le résultat et prit un air étonné.

— C'est la première fois que tu y vas en tant que citoyen ? Je vois que d'habitude, tu n'y pénètres que comme collecteur.

— C'est exact.

Ce genre de question le rendait mal à l'aise. Qu'est-ce que cela pouvait bien lui faire ? Oh, il avait conscience de l'apparence qu'il offrait. Il savait qu'elle le soupçonnait de sortir chez les Exclus pour profiter des services des maisons closes extrêmes. La plupart des citoyens qui s'aventuraient là-bas le faisaient pour cette raison. Du reste, il prévoyait bien d'aller dans un bordel... Tout de même. Elle n'avait pas à l'aborder avec cette attitude hautaine et méprisante. Elle ferait moins la maligne, lorsqu'il bénéficierait du soutien du gang.

Il chassa avec effroi cette pensée de sa tête. Comment pouvait-il sombrer aussi vite ? Il regarda, effaré, la milicienne en face de lui.

— Du coup j'imagine que vous connaissez le protocole pour revenir ? lui demanda-t-elle.

— Oui, je me scanne, j'attends votre confirmation visuelle et je rentre dans le sas.

— Parfait.

Elle vérifia sur un écran holo que le passage se trouvait dégagé et lui ouvrit l'accès.

— Amusez-vous bien, lui dit-elle avec un clin d'œil.

Maeck se retint de lui répondre et s'engagea de l'autre côté du mur. Une rafale lui projeta de la poussière dans les yeux et souleva son manteau ; il le serra autour de lui en regardant le ciel gris et uniforme. Une nouvelle tempête s'annonçait, sans aucun doute. Rentrant la tête dans les épaules, il progressa entre les immeubles délabrés.

À peine eut-il franchi quelques mètres qu'une femme à l'allure frêle s'avança vers lui. Elle tirait derrière elle une remorque à aéroglisseurs dont la peinture, écaillée, laissait paraître des taches de rouille.

— Bonjour, monsieur, puis-je vous proposer mes services ? Je peux vous emmener où vous souhaitez pour la modique somme de cinq crédits.

Il jeta un coup d'œil aux sièges en synthécuir malpropres installés dans la roulotte. Pour le même prix qu'un trajet en transports en commun dans Montélac, on lui assurait de parvenir à bon port dans un milieu hostile. Il considéra la femme.

— Et pour la sécurité ?

Pour toute réponse, elle souleva son pull pour révéler un blaster accroché à sa ceinture. Il ne disposait pas de meilleure option ; les autres porteurs qui arrivaient contemplaient la scène de loin et laissaient la primeur du client à cette femme.

— C'est d'accord.

— Installez-vous, monsieur.

Il s'assit le plus confortablement possible et, de son I.N.I., transféra les crédits demandés au bracelet qu'elle lui présentait. Sa porteuse vérifia la transaction et saisit les poignées d'un air satisfait.

— Votre destination ?

— Le Cosmos Resort.

Sans plus de question, elle se mit en marche. Le trajet décrit par Devan se révéla aussi simple que prévu. À mesure qu'ils s'enfonçaient au cœur des quartiers des Exclus, la foule se densifiait et sa clameur gonflait. Différentes odeurs se mêlaient, celle de la crasse et de la misère et celle des insectes grillés des vendeurs à la sauvette qui criaient dans sa direction pour attirer son attention. Les habitants le dévisageaient, tantôt menaçants, tantôt méprisants, sans pour autant tenter quoi que ce soit contre lui. Crispé, Maeck concentrait ses pensées vers sa belle.

Bientôt, Laomesis, nous pourrons nous serrer dans les bras.

Il imaginait déjà son expression, étonnée et ravie, tandis qu'il se tiendrait sur le pas de sa porte. Il la presserait contre son cœur, lui avouerait son amour et ensemble, ils pourraient enfin construire une vie emplie de bonheur, oasis d'élégance dans ce monde laid.

— On est arrivé, Monsieur, lui cria sa porteuse.

Il leva les yeux. L'hôtel se dressait, aussi miteux que les autres : des murs beiges fissurés et criblés d'impacts, témoins de précédentes échauffourées dans le quartier. Un hologramme rouge grésillait et s'allumait par intermittences, clamant « Au Cosmos Resort, le client est roi ». Sur la porte, une petite pancarte usée informait les consommateurs : « Tarif pour une heure : trente crédits. Tarif une heure avec un Dépisté : quinze crédits ». Ces prix modiques expliquaient certainement le succès de ce motel.

Maeck sortit de la remorque et remercia sa conductrice, qui repartit immédiatement dans la foule. Deux mastodontes aux bras cybernétiques ornés d'une croix bleue lumineuse gardaient l'immeuble : une femme et un homme. Maeck leur sourit maladroitement.

— Bonjour.

— Bonjour.

Ils se reculèrent pour le laisser passer. Devan avait-il fait circuler son portrait ? Savaient-ils qu'il se tenait désormais dans leurs rangs ? Sans oser leur poser la question, Maeck entra.

Le hall sombre donnait sur un bar où des consommateurs buvaient de l'alcool, des prostitués sur les genoux. L'idée de Laomesis se frottant contre un inconnu lui dressa les poils.

Calme-toi. Elle peut encore préférer ce statut, rappelle-toi. Mieux vaut ne pas trop y penser. Si elle choisit de rester ici, tu dois l'accepter.

Décidément, ces derniers jours révélaient des parties de lui-même dont il ignorait tout jusqu'alors. Lui, jaloux ? Il fallait croire que oui.

Le voyant seul, une hôtesse s'approcha de lui.

— Salut beau mec.

Beau mec ? Elle délirait...

— Tu as des désirs particuliers ?

Loin de l'émoustiller, ses déhanchements le mettaient mal à l'aise. Il se racla la gorge.

— Je cherche quelqu'un. On m'a dit qu'elle se trouvait ici.

Son interlocutrice se redressa.

— Qui ça ?

Ah, oui, évidemment.

Qui, une bonne question.

— Je n'ai que son pseudo sur l'Oracle. Laomesis, vous connaissez ?

Elle se recula pour mieux le regarder.

— Alors c'est toi le mec qui la faisait vibrer ? Ça alors. Je ne m'attendais pas à ça.

Maeck ferma les paupières, passant outre le dédain évident dans sa voix. Il touchait du doigt son but. Vibrer, disait-elle ? Laomesis, sa douce Laomesis éprouvait les mêmes sentiments à son égard. Il rouvrit les yeux et soupira.

— Ça fait trois jours que je ne l'ai pas vue, je voulais lui faire la surprise de lui rendre visite. Pouvez-vous me dire où je peux la trouver ?

— Elle ne travaille pas, là. Je peux te montrer sa chambre, si tu le souhaites. Pas tout de suite, par contre. Le temps file, mon temps c'est de l'argent.

Elle lui adressa un sourire entendu. Maeck se mordit les lèvres. Pour qui se prenait-elle ? Le racketter pour cet insignifiant renseignement ? Cependant, la froisser ne l'avancerait à rien. Si elle était amie avec Laomesis, sans doute valait-il mieux lui plaire aussi.

— Naturellement. De combien puis-je te dédommager pour que tu me guides jusqu'à elle ?

— Mon tarif pour une heure, trente crédits, citoyen.

Le dernier mot, appuyé, sonnait avec morgue. On le remettait à sa place ; ici, il n'était qu'un étranger. Laomesis aurait-elle partagé des propos rudes envers lui ? Meurtri à cette idée, Maeck s'exécuta et versa sur l'I.N.I. de son interlocutrice la somme demandée, dépouillant ainsi le solde de son compte.

Satisfaite, elle ouvrit la voie.

— Suis-moi.

Ils grimpèrent au premier étage. Les murs, lézardés, s'effritaient par endroits. Visiblement, les clients ne venaient pas ici pour le décor. Ils parvinrent au niveau d'une porte peinte en mauve et qui portait le numéro treize. La femme se posta devant, les bras croisés.

— La dernière fois que je l'ai croisée, on ne peut pas dire qu'elle se sentait bien. Tu lui as dit quoi, au juste, pour qu'elle pleure comme ça ? Jamais je n'avais vu Julith dans cet état pour un mec.

Ah, la voilà la raison de ta rancœur. Tu es bien son amie.

Maeck se réjouit. Sa rédemption arrivait. Enfin, il pourrait tout expliquer à celle qu'il aimait, se faire pardonner pour son silence et son départ. Julith, sa véritable identité. Dans sa tête, il déroula mentalement les sonorités de ce prénom plein de promesses. Julith, une femme, donc.

— Je ne lui ai rien dit du tout. Je lui proposais qu'on se rencontre, je désirais vivre avec elle. Elle a refusé, j'ai quitté l'Oracle un peu rapidement, c'est tout. Je ne voulais pas lui montrer ma tristesse et ma déception...

En face de lui, le visage de la jeune femme se contracta. Elle ouvrit la porte, révélant une pièce habillée de miroirs.

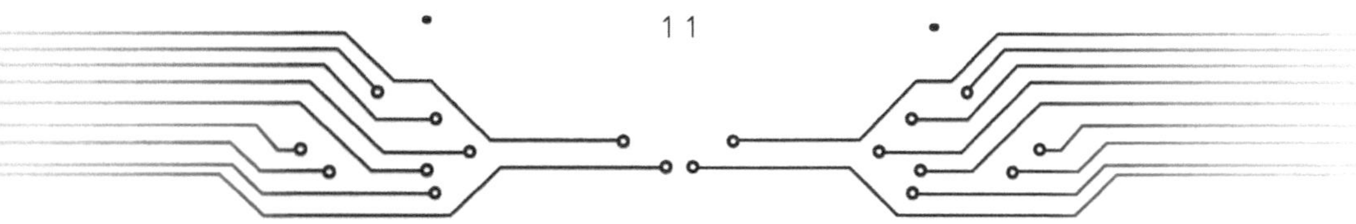

Maeck essuya la fine pellicule de sueur qui ornait son visage. La tension battait dans ses tempes. Plaqué contre le mur râpeux d'un bâtiment, les yeux brûlés par le soleil implacable qui descendait entre les gratte-ciels, il fixait la silhouette du jeune homme.

— C'est la cible, souffla-t-il à son complice.

Celui-ci acquiesça. Telles des ombres, ils se glissèrent derrière un immeuble plus proche. Nouveau coup d'œil : on ne les avait pas repérés. Les rues vides, pas de drone dans le ciel, le moment arrivait.

— Et pour la fille ?

Il haussa les épaules et jaugea une dernière fois la situation. Leur cible boitait : il ne devrait pas opposer trop de résistance. La jeune femme à ses côtés portait un petit carton empli de bibelots ; son allure fine ne laissait pas deviner d'implants cybernétiques.

— On ne trouvera pas de meilleure opportunité. La voiture est juste à côté et y a personne d'autre.

Si tout se passait bien, leur besogne vite terminée, il pourrait rapidement réintégrer l'Oracle. Plus que jamais, le seul endroit qui lui permettait d'obtenir du réconfort. Avant cela, il devait corriger l'univers, réparer une injustice. Il se retourna vers leur objectif. Un afflux de haine obscurcit sa vision.

Je le tiens enfin, le connard responsable de la mort de Devan. On ne touche pas impunément à ma famille.

Rien ne l'avait épargné, ces trois derniers mois. Rien. Dans la tourmente, Devan n'avait jamais failli. Il s'était comporté en frère. Quand les autres membres du gang voulaient le condamner pour ce qu'il avait commis, Devan l'avait protégé et défendu. Et voilà que ce petit merdeux l'éliminait ? Cela ne resterait pas impuni !

— Go !

Il enfila sa cagoule et visa. Sous le choc électrique, la cible tomba face contre terre dans la poussière. La jeune femme se précipita à ses côtés. Maeck braqua son arme vers elle.

— Recule-toi !

Agenouillée auprès de son ami, elle leva les mains. Parfait. Ils approchèrent de l'homme inconscient. La voiture s'avançait déjà vers eux.

— Qu'est-ce que vous lui voulez ? Laissez-le !

Maeck hésita. Que faire ? Si elle continuait de crier, elle finirait par attirer l'attention. Néanmoins, il rechignait à l'éliminer. Pour autant qu'il sache, elle n'avait rien avoir avec cette affaire. Sans lui répondre, il saisit leur proie sous les aisselles tandis que son partenaire agrippait ses chevilles. S'ils se montraient assez rapides, elle n'aurait pas le temps d'alerter le Red Shield. Comme une collecte ordinaire, ils portèrent le corps inanimé jusqu'à la voiture.

Soudain, la jeune femme se précipita vers eux.

Merde ! c'est qu'elle a du mordant !

Maeck lâcha sa prise. Elle se débattit et le frappa, en criant. Non, elle ne lui laissait vraiment pas le choix ! D'un geste brusque, elle arracha son masque. Ses yeux en détresse se plantèrent dans les siens.

Ce regard le ramena trois mois en arrière.

○

La porte s'ouvrit sur une chambre emplie de miroirs. Vide. Maeck se retourna vers la prostituée qui l'avait emmené jusque-là.

— Où est Julith ?

La bouche de cette dernière grimaça et elle se mit à sangloter. Désemparé, Maeck la prit dans ses bras. L'angoisse l'étreignit.

— Qu'est-ce qu'il y a ?

Elle leva vers lui un portrait défiguré par le désespoir.

— Je voulais juste l'aider, lui donner quelque chose pour l'apaiser ! Un truc piqué à l'Homme Antique... Je ne pouvais pas savoir que le lot était défectueux !

Devant ce visage tourmenté par la tristesse, un voile rouge déforma sa vision. Il écouta à peine les paroles suivantes. Les mimiques désolées de cette femme accroissaient encore la rage qui montait en lui.

———•——— ○ ———•———

La même expression que celle de la jeune personne face à lui.

Une vague de colère le submergea à nouveau.

Son collègue, plus rapide, frappa l'enquiquineuse derrière le crâne, qui s'effondra au sol. Maeck reprit ses esprits et fourgua le corps de leur cible dans la voiture avant de s'installer dans le siège. Il frotta ses joues. La garce l'avait bien griffé. Le véhicule démarra.

Machinalement, il tripota son médaillon holo à l'effigie de Julith. Une relique « offerte » par sa soi-disant amie. Sur l'image, le portrait flamboyant d'une jeune femme pleine de vie. Ces cheveux fauves et bouclés, ces yeux verts, cette peau fine et délicate, ce tatouage de serpent enroulé autour du cou. Laomesis, sa Laomesis. Julith.

Une bouffée de désespoir rampa le long de sa gorge. Le souvenir remonta à la surface, corrosif. Celui de son corps encore chaud versé dans la benne, posé sur le tapis qui le conduisait vers les cuves de recyclage.

Tout cela à cause de cette prostituée.

Jamais sa copine n'aurait dû lui donner de l'Onyx. L'apaiser en la droguant ? Quelle idée stupide, criminelle ! Lui ne portait pas la responsabilité de sa mort, elle si. Elle méritait le sort qu'il lui avait fait subir, les coups répétés, incapable de s'arrêter.

Tels furent les mots de Devan pour le rassurer, puis pour le défendre face aux autres membres du gang...

Alors pourquoi ne pouvait-il pas s'affranchir de ces relents acides, chaque fois qu'il se rappelait ce sang sur ses mains ?

À présent, Devan n'était plus. Qui pouvait encore lui permettre de garder la raison ?

À ses pieds, leur cible reprenait conscience. Il envoya un grand coup dans ses côtes, puis s'immergea dans l'Oracle, son refuge.

Ange 277 déploya ses ailes.

Vous avez aimé Paradis Artificiel ?

Retrouvez l'univers des Brigades du Réveil dans une nouvelle inédite à télécharger gratuitement sur mon site : Semeur !
(https://sealeha.fr/semeur/)

Semer la vie dans un monde de ténèbres.

Valentin subsiste au jour le jour en touchant la prime des Charognards, ceux qui collectent les corps des défunts chez les Exclus. Quand la moindre goutte d'eau potable se monnaie au prix fort, la survie des plus robustes se réalise souvent aux dépens des plus faibles.

Assoiffé et affamé, Valentin voit son dernier espoir s'éteindre quand l'un de ses semblables lui vole son butin. Finira-t-il à son tour comme simple dépouille acheminée vers le mur, une prime de plus pour son concurrent ?

Alors qu'il perd espoir, il aperçoit la silhouette d'un citadin dans une artère bondée. Que manigance-t-il, loin de la ville ? Valentin peut-il espérer en tirer profit ?

Le cours des événements prend alors un tour inattendu. Tout ce qu'il tenait pour acquis se retrouve chamboulé...

Et s'il existait un autre chemin ?

À suivre dans les Brigades du Réveil :

Suivez les aventures de Liah, Naïm et Valentin dans le second tome de la série : Projet ANT.

Jusqu'où iriez-vous pour défendre vos idéaux ?

L'affaire de l'Onyx à peine résolue, de nouveaux événements préoccupent les Brigades : la disparition de Reuben, des attentats, l'instauration de mesures sécuritaires liberticides...

Que prépare le Conclave ? Et si tout était lié ?

Quand l'organisation des Brigades du Réveil tombe, Liah, Naïm et Valentin doivent prendre leurs responsabilités. Désormais, ils sont seuls maîtres de leur destin.

Comment garder le cap dans la tourmente ? Quelle empreinte laisseront-ils dans le mouvement ?

Et surtout : la fin justifie-t-elle les moyens ?

Note de l'auteur

En premier lieu, je tiens à remercier mes précieux bêta-lecteurs, qui par leurs remarques ont su me guider dans la réécriture de certains passages : Rémi, Berly, JJB, Caroline et l'Alchimiste. Des regards précieux et complémentaires, sans qui cette longue nouvelle ne serait pas celle que vous tenez entre les mains. ^^

Évidemment, je tiens aussi à vous remercier vous, pour votre lecture. J'espère que vous avez apprécié le temps que vous avez passé en compagnie de notre ange déchu, Maeck !

Si l'aventure vous a plu et que vous souhaitez la prolonger, je vous propose de retrouver l'univers des *Brigades du Réveil* dans une nouvelle gratuite, *Semeur*, à télécharger sur mon site : https://sealeha.fr ou à retrouver en suivant ce QR code :

Je vous serais très reconnaissante (vraiment !), si vous avez apprécié *Paradis Artificiel,* de bien vouloir laisser un commentaire sous la page produit d'Amazon. Votre avis aidera ainsi cette histoire à trouver de nouveaux lecteurs !

Si vous voulez suivre mon actualité, je vous invite à faire un tour sur mon site d'auteur, ou sur les réseaux sociaux (je suis présente sur Facebook ou Instagram : @sealeha.auteur).

Par ailleurs, même si *Paradis Artificiel* a fait l'objet de nombreuses relectures, il est tout à fait possible qu'il reste des coquilles. Si vous en repérez, je vous remercie de m'en avertir afin que je puisse les corriger.

Encore merci et à bientôt pour de nouvelles lectures !

Du même auteur

Pour retrouver l'ensemble de mes titres et suivre mon actualité, rendez-vous sur https://sealeha.fr !

www.ingramcontent.com/pod-product-compliance
Lightning Source LLC
LaVergne TN
LVHW040318200726
843493LV00014B/610